西藏情

藏汉一家亲

廖嘉兴◇主编

西藏人民出版社

图书在版编目（CIP）数据

西藏情：藏汉一家亲.1/西藏出版文化产业园天利策划中心编著.
—拉萨：西藏人民出版社，2018.5

ISBN 978-7-223-05506-2

Ⅰ.①西… Ⅱ.①西… Ⅲ.①纪实文学－作品集－中国－当代 Ⅳ.① I25

中国版本图书馆CIP数据核字（2017）第080106号

西藏情——藏汉一家亲

主　　编　廖嘉兴
责任编辑　央　拉　　郭晓斐
装帧设计　陶　然
出版发行　西藏人民出版社（拉萨市林廓北路23号）　邮政编码　850000
　　　　　北京编辑发行部：100013　　北京市东土城路8号林达大厦A座13层
　　　　　电话：010-64466847　打击盗版：0891-6649998　13801174584
印　　刷　三河市德鑫印刷有限公司
经　　销　全国新华书店
开　　本　16开（710×1 000）
印　　张　11
字　　数　130千
版　　次　2018年5月第1版第1次印刷
印　　数　01—1,500
标准书号　ISBN 978-7-223-05506-2
定　　价　45.00元

版权所有　翻印必究

前 言

中华民族是一个团结的大家庭，"五十六个民族五十六朵花，五十六个兄弟姐妹是一家……"五十六个民族都有自己古老的历史和独特的文化，由此构成了我们中华民族悠久的历史和丰富多彩的文化。数千年以来，各族人民共同生活在这片中华土地上，休戚与共，相互依存，形成了伟大的中华民族，共同缔造了统一的多民族国家。

藏族是中国最古老的民族之一，自古生活在青藏高原地区。一千多年前，从文成公主进藏起，藏族、汉族频繁交往，和谐发展，代代相传。特别是近现代以来，两族人民与其他各族人民一起，和睦相处，团结奋斗，像爱护自己的眼睛一样爱护民族团结，共同建设着美丽的雪域高原。

藏族人民有一句谚语："相亲相爱，犹如茶与盐巴"，这是藏汉群众一家亲的最好写照。现今，藏汉群众的交流交往日益增多、越来越深。比如很多汉族同胞在拉萨工作、学习，学藏语，吃藏餐，而藏餐也融入了川菜等菜系的一些特色。民族间的产品交换也越来越多、越来越频繁。在八廓街卖藏饰的商铺中，有一部分经营者是汉族同胞；同时，一些藏族商人也与内地企业合作，将藏族特色产品推广到各大超市，甚至开起网店、微店，将藏族特色产品销往全国。社区里，藏汉居民互帮互助、和睦相处。尤其是每年藏历新年前夕，曾受社区居委会帮助的汉族商人都不忘前来感谢居委会，并给小区里的孤寡老人、困难户等捐款捐物。校园里的藏族学生，会教大家跳锅庄，一起参加文体活动……还有一批批援藏干部，他们有的带领和帮助乡亲脱贫致富，有的长年在艰苦地区立足本职、无私奉献，有的在抗震救灾中表现突出，为民族团结事业做出了巨大贡献。

中华民族一家亲，同心共筑中国梦。在中华民族大家庭中，藏汉同胞将继续手足相亲、守望相助，努力创造各族群众共居、共学、共事、共乐的社会条件，共同团结奋斗、共同繁荣发展，在向全面建成小康社会的伟大进军中，共圆梦想。

目　录

习仲勋与两位藏族领袖的深厚情谊 ………………………………… 1

草泽茫茫汉藏情 ……………………………………………………… 10

民族团结铸就中国登山辉煌 ………………………………………… 14

骊山见证：白玛央金的藏汉情缘 …………………………………… 19

阿万仓草原上的好"曼巴" …………………………………………… 24

格桑花开在雪域高原——援藏夫妻马新明和孙伶伶民族团结之旅 … 29

一个北京导游眼中的藏族人 ………………………………………… 36

唱出汉藏民族情——记西藏首位戏剧梅花奖获得者班典旺久 …… 40

奋斗在雪域高原的大学生村官 ……………………………………… 43

为藏汉一家亲代言——藏族好阿妈次仁卓玛的朴素追求 ………… 49

亚格博和他的牦牛博物馆 …………………………………………… 52

相敬相爱　同舟共济——琼达和汉族妻子林琳的故事 …………… 63

雪域高原的团结典范——记西藏公安消防总队拉萨支队布达拉宫大队 … 65

一碗面香牵起 53 年的藏汉师生情 ………………………………… 72

汉藏"姐弟"齐心创业 ………………………………………………… 77

军民鱼水情　藏汉一家亲 …………………………………………… 80

用鸡蛋和土豆结下的"藏汉母女情" ……………………………… 84

西藏"90 后"内地上学：最大收获莫过于自身成长 ……………… 86

穿越千里的藏汉情——王再洲与他的康巴兄弟的故事 …………… 89

雄嘎社区爱心夫妻罗布旺堆和琼达……………………………… 92

面包·音乐·幸福——巴次和满馨蔚的爱情故事……………… 94

给我一杯时光，让我沉醉天堂——书吧老板老潘的高原情………… 98

奔向日喀则的呼唤——记山东省烟台市第七批援藏干部李冬 ……… 101

藏汉回三个民族组成的民族团结家庭………………………… 106

西藏：我的第二故乡………………………………………… 111

木板上的借条曾在土墙里封存 70 多年 ………………………… 115

"当代文成公主"的大爱孝道………………………………… 117

罗加扎特：28 年赡养非亲非故汉族老人 ……………………… 122

"马背上的吉祥使者"

　　——记甘南独立骑兵连扎根高原维护民族团结纪实 ………… 126

奋斗在北京的藏族青年故事………………………………… 138

穿梭于雪域高原与荆楚大地的"康巴汉子"…………………… 144

生在江南　心在高原——记江苏援藏干部周广智 …………… 153

让青春绽放在青藏高原——记延安大学首批援藏大学生志愿者…… 161

采访路上结识的姐妹——一个汉族姑娘与两个卓嘎的故事……… 166

习仲勋与两位藏族领袖的深厚情谊

习仲勋是杰出的无产阶级革命家，我党、我军卓越的政治工作领导人，陕甘边革命根据地的主要创建者和领导者之一，国务院原副总理，中国共产党第十一届中央委员会书记处书记，第十二届中央政治局委员、书记处书记。他为中国人民的解放事业和新中国的诞生、为社会主义革命和建设事业、为改革开放和建设中国特色社会主义事业顽强奋斗，建立了不可磨灭的历史功勋。

习仲勋长期致力于统一战线和民族宗教工作的探索和实践，为坚持和完善中国共产党领导的多党合作和政治协商制度，巩固和扩大爱国统一战线，正确、全面地贯彻党的民族、宗教政策做出了卓越贡献。

与黄正清相识几十年，两次相拥而泣

黄正清，又名罗桑泽旺，是民国时期甘、青藏族中相当有影响力的政治、军事人物，早年与宣侠父等共产党人有所接触。1949年9月中旬，黄正清率部起义；20日，黄正清迎接解放军进驻甘肃夏河，夏河和平解放。

夏河和平解放后，黄正清偕同副官黄立中、贾志丰和拉卜楞寺的七八位代表一同前往兰州，与正在兰州的西北军政委员会主席彭德怀、副主席习仲勋等军政领导人会面。到兰州的那天晚上，在欢迎宴会上，习仲勋紧紧握着黄正清的手说："久闻大名，初次见面，但很早就知道你的情况，就是没能联系上。现在好了，我们十分欢迎你，也算交上了朋友。"习仲勋满口陕西乡音和与生俱来的大西北乡情,使黄正清感到格外亲切。

在当晚的宴会上,彭德怀反复介绍党的民族政策,强调各民族要团结起来,共同走社会主义道路,共同建设新中国。习仲勋对黄正清说:"西北人民需要你,广大藏族同胞更需要你,我们要好好合作共事。"

1950年1月,甘肃省人民政府成立,黄正清当选为省政府委员,不久又担任农业厅副厅长,分管畜牧工作。3月,黄正清奉命到西安参加西北军政委员会会议。会前,习仲勋特地嘱咐他:"你现在是西北军政委员会委员了,又是西北藏族地区的民族领袖,在会上要把民族地区的情况谈一下,我们共同把民族地区的工作做好。"

在这次会议上,黄正清提出两个问题:一是由于刚解放,牧区比较落后,人民群众习惯使用银元宝和银圆,不相信纸币,如果马上发行纸币,恐怕行不通;二是牧民为了防野兽、防盗窃,家家都购置枪支,有的一杆枪是用三四百银圆买的,枪就是他们的生命,如果现在宣布收枪,会引起牧民群众的紧张和不满,这样不利于稳定局面。黄正清提这两个问题时,不少人都为他捏了一把汗,认为这些话是不能讲的。没想到彭德怀和习仲勋听了非常高兴,认为这些情况很重要,当即指示军政委员会立即通知银行,在牧区仍暂时流通硬币,并不立刻收缴枪支。

1951年12月19日,第十世班禅额尔德尼从西宁启程回西藏,黄正清陪同习仲勋前往送行。在青海塔尔寺,习仲勋问农牧民群众:"你们愿意不愿意土地改革?"群众异口同声地回答:"我们不愿意。"

一位年长者说:"领导同志,塔尔寺周围几千名藏族同胞把生产收获的麦草供寺院烧锅做饭,藏族群众把供奉寺院麦草看成是他们神圣的义务。土改后,地分到每家每户了,寺院就没办法解决烧火做饭的问题，所以请求不要土改。"

习仲勋问黄正清："是这样吗？"

黄正清回答："这里的寺院都是这样，吃饭靠周围群众提供燃料。由于宗教影响，凡是寺院的事，群众都看得很神圣，尽职尽责，历代如此。"

回去以后，习仲勋给中央写了报告。党中央经过研究，采纳了习仲勋提出的"凡是寺院辖区的农牧民暂不施行土地改革"的建议。广大僧众听到这个消息后非常感激，青海省的党政领导和人民群众也非常满意。

1953年春，黄正清作为甘川青三省剿匪指挥部副司令员参加清剿马良股匪的工作。马良曾任国民党时期的临夏县参议长，新中国成立后，他纠集国民党残部和流氓惯匪，在甘、川、青边界藏族聚居地带继续与人民为敌。黄正清从西安出发前，习仲勋送给他一支小手枪，要他带上好护身。习仲勋勉励黄正清说："这次去要大胆工作，发挥你的影响和作用。我们共事几年了，都十分了解你，也相信你，有事可以随时打招呼，不管外边说什么，你都不要有顾虑。现在台湾到处找你，给你空投任命状，还有一枚关防卡、一部电台。到甘南后，如果有人给你送来，你不要怕，收下后向上反映就行了。"

黄正清接过枪，听到这些话，激动得流下热泪，因为他真正感觉到了党对他的关心和信任。

到甘南后，黄正清征得总指挥部的同意，借拉卜楞寺在甘、川、青边界藏族聚居区的宗教影响，把四川若尔盖、阿坝地区以及甘南和青海南部地区的部落头人及各方面的代表请到夏河拉卜楞寺，将西北军政委员会送来的礼品和毛泽东像分送给大家。他对大家说："全国解放后，共产党领导各族人民建设新中国。但是，马良土匪继续与人民为敌，那是死路一条，大家千万不要上当受骗，接受马良钱物和枪支弹药的当然不对，勾结入伙的更是错上加错。我们请大家来，就是要讲清楚现在要与马匪脱离关系，寺院和部落帐房不准马匪的人进入，彻底划清界限，回到解放军和人民政府一边，不管是寺院、部落头人还是群众，我们都不予追究。"

黄正清讲完后，大家一致表示拥护党的决策。在争取了群众支持，切断马良股匪与寺院、部落的联系后，马良股匪很快被解放军击溃，剿匪获得胜利。习仲勋得知消息后，发去贺电加以赞扬。

"文革"中，黄正清受到了批判，而习仲勋也早被划到"黑线"上，因此两人有10多年没有联系。1978年，黄正清出席全国政协会议，在北京友谊宾馆见到习仲勋。劫后重逢的两人难以控制自己的感情，竟相拥而泣。习仲勋坚定地对黄正清说："我们应当向前看，要高兴才是啊！"

此后的时间里，黄正清和习仲勋经常通电话、书信，来往更加密切。黄正清常汇报甘肃的工作情况和甘南藏族地区的发展变化。习仲勋也特别关心西北民族地区的安定团结和经济发展，他每次都嘱咐黄正清要保重身体，鼓励他为祖国统一和民族团结做些力所能及的工作。

1991年10月，黄正清应习仲勋的邀请，到广东看望习仲勋。久别重逢，黄正清又是高兴得怎么也控制不住感情，再次流下热泪。还是习仲勋先克制住情绪说："我们应当高兴啊！我们要高兴！"两位老人激动见面的动人场面，使在场的人无不为之动容。习仲勋紧紧拉住黄正清的手来到一楼会客大厅，谈起了革命旧情。随后，他又给黄正清介绍特区的发展变化和开发前景，黄正清则向习仲勋汇报民族地区的新变化，俩人越谈越开心。

与班禅大师是无话不说的好朋友

早在新中国成立初期，习仲勋就与第十世班禅额尔德尼相识并成为了忘年之交。在此后长达 40 年的合作共事中，他们以诚相待、肝胆相照、情谊深厚，堪称统一战线工作中的典范。

习仲勋与第十世班禅额尔德尼第一次相见是在 1951 年 4 月。当时，第十世班禅额尔德尼应中央人民政府的邀请，率领堪布会议厅官员到北京参加和平解放西藏的谈判。在赴京途中路过西安时，受到中共中央西北局、西北军政委员会负责人习仲勋的迎接。在机场，第十世班禅额尔德尼紧紧握着习仲勋的手激动地说："我们是专程去北京向毛主席致敬的。我要把藏族人民对中央人民政府和毛主席的良好祝愿亲自转达给他。"

当天晚上，西北军政委员会为第十世班禅额尔德尼举行了热烈的欢迎宴会。第十世班禅额尔德尼再次表示：坚决拥护中央人民政府的正确领导，决心与西藏各界爱国人士一道，为西藏的解放和藏族人民的团结而努力奋斗。他的爱国热忱和坦率豪爽的性格，给习仲勋留下了深刻印象。

1951 年 5 月 23 日，《中央人民政府和西藏地方政府关于和平解放西藏办法的协议》签订。在第十世班禅额尔德尼返回西藏前夕，毛泽东特命习仲勋为代表，前往西宁送行，并转达他和中央人民政府对第十世班禅额尔德尼的亲切关怀和良好祝愿。12 月 16 日，青海省各族各界人民代表共 1000 多人举行了欢送大会。习仲勋代表毛泽东主席、中央人民政府和西北军政委员会致欢送词。他说："班禅大师此次返回西藏一定会受到西藏人民的热烈欢迎。这是中央人民政府和平解放西藏取得协议的必然结果，是继和平解放西藏之后的又一件大事。这说明，西藏在毛主席和中央人民政府的正确领导下，达赖喇嘛和班禅大师已经团结起来了，全西藏人民团结起来了。从此，我们祖国的各民族都亲密地团结起来了。"

在欢送大会上，第十世班禅额尔德尼发自肺腑地说："我们流离内地快 30 年了，如果没有中国共产党、毛主席的正确领导与祖国各兄弟民族的热诚帮助，和平解放西藏是根本不可能的，我们重返西藏也是不可能的。因此，我们说中国共产党和毛主席是西藏人民的大救星，是我们的大恩人。我们只有跟着共产党和毛主席走，只有同祖国各兄弟民族紧密地团结起来，我们藏族才能得到彻底的解放，别的道路是没有的。"

随后，习仲勋同第十世班禅额尔德尼进行了亲切的交谈。他说："你回西藏后不要急，要照顾全局，首先要搞好藏族内部的团结，这样西藏各方面的工作才有希望。"

作为我们党的忠诚朋友，第十世班禅额尔德尼刚直豪爽，直言不讳；习仲勋对他也是以心换心，坦诚相见。习仲勋常对第十世班禅额尔德尼说："为了党和人民的事业，为了国家的统一和团结，我们两个人什么话都可以说。我有错误你批评，你有错误我批评。实事求是嘛！"

第十世班禅额尔德尼则说："你是我的老朋友、好朋友。你了解我，你是为我好才这样说、这样做，我很高兴。"

1962 年 5 月，第十世班禅额尔德尼写了一份《关于西藏和其他藏族地区群众的疾苦和对今后工作的建议》，报送周恩来总理。全文分 8 个部分，翻译成汉文约 7 万多字，所以也被称为《七万言书》。在文中，第十世班禅额尔德尼系统阐述了他对西藏和其他藏区工作"左"的错误的意见和如何纠正错误、正确执行党的民族宗教政策、大力发展农牧业生产、改善群众生活的建议。

周恩来让习仲勋研究后向他汇报。习仲勋看了《七万言书》，认为虽有一些激烈的言词，但大部分意见和建议是好的。周恩来又委托习仲勋去看望第十世班禅额尔德尼。习仲勋充分肯定了他敢于向党中央直言不讳提意见的可贵精神，同时劝他不要动气，不要说气话。第十世班禅额尔德尼对习仲勋说："你讲的我接受。你看着我长大，从一开始就帮助我，你是代表党的，作为个人又是朋友，你是为我好，我今后注意就是了。但我说明，我是真心为党好的。"

后来，周恩来亲自接见了第十世班禅额尔德尼。周恩来充分肯定了他的意见，并说："执行民族政策不够好的现象是可以很快解决的，要相信党中央的方针政策一定会贯彻下去的。遇到民族问题，正确的态度是和当地党政领导交谈，也可以向中央反映，共同协商，把问题尽快妥善解决。"第十世班禅额尔德尼对此表示同意和拥护。

6月上旬，第十世班禅额尔德尼把《七万言书》报送中央。中央和国务院十分重视，责成李维汉、习仲勋召集有关方面负责人讨论研究，提出改进西藏工作的意见，最终形成了纠"左"防急4个文件，报经国务院批准。

8月13日至9月2日，西藏工委召开第6次扩大会议，传达了周恩来、李维汉等人对西藏工作的指示，大家基本上统一认识，明确方向。第十世班禅额尔德尼也感到高兴，认为西藏工作会开创了一个新的局面。

9月24日至27日，中央八届十中全会召开。在会上，李维汉被批评为不抓民族问题上的阶级斗争，向第十世班禅额尔德尼和喜饶嘉措等人妥协退让、一味迁就，搞投降主义；认为习仲勋在《七万言书》问题上采取了迁就、放任的态度。自此以后，习仲勋被解除了职务，接受审查。第十世班禅额尔德尼和喜饶嘉措等也都不断地受到批判。直到党的十一届三中全会以后，他们两人在错案先后得到彻底平反后才得以再次见面。

老友重逢，感慨万端。第十世班禅额尔德尼对习仲勋说："因为我的《七万言书》把你给连累了，真对不起。"

习仲勋说："这不是谁连累谁的问题，我们都受到了锻炼和考验，增长了见识，党对你是了解的。"

1980年年底，习仲勋从广东调到中央工作，分管民族、宗教、统战工作，与第十世班禅额尔德尼的关系越来越密切，友谊越来越深厚。每当第十世班禅额尔德尼视察、出国和进行重大活动时，习仲勋总是劝告他：一要注意身体；二遇事要冷静，不要动气。第十世班禅额尔德尼每次外出回来后，也总是找习仲勋谈心，无话不说。

1982年3月11日，第十世班禅额尔德尼给习仲勋和胡耀邦写信，提出想在适当的时候到甘肃、四川、云南和西藏的一些地方进行视察访问。习仲勋看了这封信后当即转呈胡耀邦阅示。次日，胡耀邦作了批示："每年出去视察参观一二次，这个办法好。其他党外朋友凡身体好的，都可以鼓励和赞助他们这么办。班禅今年外出视察，请仲勋、兰夫、彭冲同志商定。我的考虑是：这两年以去他没有去过的地方为主。我们的国家很大，到处走走，很能增长见识。见识多了，考虑国家大事就会更成熟。这也是我们培养和扶助党外朋友的一个好办法。当然，到完全生疏的地方去，发言权就小一点，而要多观察、多调查、多学习，但也不是不可以发表意见。看准、想清楚了就说、就提，这也是一种锻炼。如果班禅觉得不去藏族地区不好，那么，去一两个这样的地方，我也不反对。"

这年夏天，第十世班禅额尔德尼终于如愿以偿地到西藏进行视察访问。7月10日，他在拉萨干部大会上说："我从幼年起，一直是在共产党和老一辈无产阶级革命家毛泽东主席、周恩来总理、刘少奇主席、朱德委员长、陈毅元帅、贺龙元帅等教育、培养和关怀下长大成人的。

我对党、对老一辈无产阶级革命家怀有特殊的深厚感情。30 年来，我遵照党的教导，在主观上总是要求自己对西藏的革命和建设事业、对加强汉藏民族的兄弟情谊、对维护祖国的统一做一些有益的事情。"

在离开西藏前，第十世班禅额尔德尼同西藏自治区党委交换了意见，对干部和宗教问题谈了自己的看法。新华社记者对此作了报道，习仲勋阅后批示："西藏问题的关键是达赖、班禅问题，也就是一个宗教问题。而在今天又是对达赖、班禅这两个精神领袖的基本认识问题。对这两个人的态度明确了，依此才可作出对西藏地区的政策和方针。否则，我们就会思想混乱、方针不明确，因而引起政策矛盾，在工作中发生失误。"

1989 年 12 月 28 日凌晨，第十世班禅额尔德尼在西藏主持灵塔开光典礼，因心脏病突发，抢救无效，英年早逝。噩耗传来，习仲勋十分震惊，万分悲痛。2 月 20 日，他撰文在《人民日报》上发表，深切悼念这位中国共产党的忠诚朋友。

本文记者：叶介甫（写于习仲勋 100 周年诞辰之际）

原载：中国民族报（2013 年 10 月 15 日）

草泽茫茫汉藏情

在松潘县川主寺附近的元宝山顶上，红军长征纪念总碑高高矗立。铜制的红军战士塑像，右手持枪，左手持鲜花，张开双臂呈"V"字形，如在欢呼。每当夕阳洒下余晖，纪念碑就在海拔近 4000 米的山顶，散发出耀眼的光芒。

红军长征纪念总碑修建在四川松潘县川主寺镇元宝山的顶端，碑身为三角立柱体，象征红军三大主力紧密团结，坚不可摧。经常会有家长带着孩子来到山顶，让他们从小就了解红军长征的历史，传承红军精神。

日干乔沼泽位于四川红原县境内，是若尔盖草地的重要组成部分，也是红二、红四方面军左路纵队穿越草地北上的必经之路。如今这里已经成为我国著名的湿地公园。蜿蜒的栈道直通沼泽腹地，游客们行走其中能亲身感受红军过草地的艰险。

1935年，红军先头部队从松潘县毛尔盖出发，踏上了征服广袤草地的艰难历程。茫茫的水草地，一眼望不到边。这片泽国，遍布着红军长征的革命足迹，埋葬着众多红军的不屈英灵，诉说着一段悲壮史诗。

藏族老人东巴手擎马灯来到自家老屋三层的里间。

八十多年前，东巴老人的爷爷将自家的藏式民居借用给红军，毛泽东、朱德、周恩来等红军领导人在这里召开会议，确定了北上抗日的战略决策。这次会议后来被称为"沙窝会议"。

从外面看，房子下层是厚厚的土墙，上层搭出一个木制的阁楼，已有些摇摇欲坠。当年的家具什物已不复存在，现在屋子里摆放了一张矮桌，几个树桩当作凳子。"当年开会的条件不会比这更好了。"很难想象，长征时中央就在这里，做出一系列重要决定，在这昏暗的房间里迸发出革命理想的亮光。"别看现在很破旧了，当时房子可是很新的，周围的土墙上还有壁画。"东巴老人说，当年爷爷一家三口住在这儿，家境比较殷实，听闻红军希望在此开会，就客客气气地开门接待。那段时间，来开会的红军吃住也都在东巴的爷爷家。

老屋如今已经改作沙窝会议会址纪念馆，东巴老人在老屋前种满了鲜花，欢迎大家前来了解长征历史。

1935 年 7 月 9 日，中央红军进入毛尔盖，直到 8 月 21 日才离开。停留这么久，在长征途中实在罕见。根据当地红军史专家杨继宗的研究，红军滞留，是为筹粮，没粮不可能过草地。

红原县的很多地方都生长着一种碧绿色的野菜，当年红军过草地断粮，这种野菜成为红军战士充饥的"口粮"。因为这个原因，当地群众给野菜起名叫红军菜。

在松潘县的红军长征纪念馆，还保留着一块当年红军筹粮时的木板"借条"。木板上依稀可辨："这块田里割了青稞 200 斤，我们自己吃了，这块木板可作为我们购买你们青（稞）……归来后拿住这块木板向任何红军部队或苏维埃政府都可兑取……在你们未兑得这些东西前，请保留这块牌子"，落款是"前敌总政治部"。红军终于在毛尔盖筹集到有限的粮食。可以说，毛尔盖的青稞和牦牛，为中央红军过草地做出了巨大贡献。

本文作者：陈雪柠，摄影：饶强

原载：北京日报（2016 年 10 月 12 日，本次略有调整）

民族团结铸就中国登山辉煌

2010 年 5 月 31 日，50 年前首次登顶珠峰的 3 位中国登山队老登山家屈银华、贡布、王富洲（从左至右）在人民大会堂相聚。

从 1960 年中国人首次从北侧登顶珠峰至今，中国登山事业创造了一个又一个辉煌，成绩的背后离不开国家和人民的支持，更离不开各族人民的团结协作。可以说，民族团结成为在恶劣艰险的自然环境中，中国登山队员们克服困难、取得胜利的重要前提和保证。我国登山运动半个多世纪的发展历程正是一部以汉藏为代表的各民族人民团结奋斗的感人历史。

汉族教练对藏族队员精心培养

"截至 2009 年，西藏登山队共有 163 人次登顶珠峰，387 人次登上海拔 8000 米以上的高度，3 人完成了世界 14 座海拔 8000 米以上高峰的登山探险。能够取得这样的成绩，与老一代登山家，尤其是汉族教练的精心教育和悉心培养密不可分，这也是汉藏团结的最好见证。"老一辈登山家、原西藏自治区体育局党组书记洛桑达瓦这样说。

据洛桑达瓦回忆，1960 年 5 月中国登山队完成了人类从北侧成功登顶珠峰壮举之后，经西藏自治区党委批准，着手成立西藏登山营。当年 9 月，受国家体委指派，在教练组组长张俊岩的带领下，一批汉族教练到西藏登山队工作，肩负起挑选、训练、培养藏族队员的任务。最初的登山培训困难重重，藏族队员身体素质好、高海拔活动能力强，但绝大多数人从未接触过现代登山运动，所有技术动作、理论都是从零学起。除了传授高山技能，汉族教练们还与藏族队员们一起修建登山营住房、仓库，平整训练场地。当年的这批汉族教练中许多人就此扎根西藏，几十年如一日地工作直至退休，培养出了一批又一批登山运动员，为充分发挥藏族队员在高海拔攀登领域的突出优势打下了坚实基础。

对此，先后 4 次荣获"国家体育运动荣誉奖章""国际登山运动健将"称号，被称为登山界"小愚公"的仁青平措最有感触，从农奴到登山英雄的成长经历让他对汉族登山教练深怀感激。1965 年，仁青平措被选入了国家登山集训队，成为 1967 年中国队再次攀登珠峰的队员。集训期间在汉族教练员无微不至的关心和精心培养下，他第一次接受了现代登山运动的训练，懂得了登山运动的目的、意义和为国争光的道理，很快成为集训队员中的骨干。在训练中，汉族教练员的一举一动深深影响着仁青平措，在他日后的攀登岁月中，吃苦在先、危险在先的信念始终支撑着他。在 1975 年攀登珠峰时，原是突击队员的仁青平措在海拔 8600 米的突击营地为暴风雪所困，顽强拼搏了四五天后双手冻伤，因此在突击队重组时落选，但他仍旧跟随突击队员爬到突击营地，只为了给队员多送上几瓶氧气。下撤时，他在冰壁上滑坠了 200 多米，侥幸生还的他右手 4 根指头和左手 2 根指头因冻伤而截肢，在此后的登山活动中，他必须用牙咬住保护绳，以代替残缺的手指。1977 年攀登托木尔峰，顶峰近在咫尺，同一结组的汉族队员却严重冻伤、体力透支，仁青平措毅然放弃了登顶机会，护送队友下山脱险。

藏族队员对汉族队员悉心照顾

老一辈登山家、国家高级教练成天亮从 20 岁起到西藏工作，把全部的青春与热情奉献给了西藏的登山事业。回忆起和藏族队员情同手足的攀登岁月，成天亮告诉记者："我们彼此尊重，互相帮助。几十年来，我和汉族队员吵过架，却从来没和藏族队员红过一次脸。"

1980 年 4 月，在希夏邦马峰海拔 6300 米左右，成天亮不慎掉进了暗裂缝中，经过队友的全力营救方才脱险，但背包、雪镜等全部掉进裂缝深处。由于股骨受伤严重，无法独立行走，他只能由几名藏族队员搀扶着一步步往山下挪动。当晚，藏族队员多布吉把自己的鸭绒睡袋掏出来，硬塞给成天亮用，自己却忍着寒冷在帐篷里坐了一宿。第二天下撤时，多布吉又把雪镜给已经患上雪盲症的成天亮戴上，自己胡乱地把头发拨到眼前遮挡阳光，一路眯着眼睛走回营地。

在登山过程中，汉藏队员亲如兄弟，不分你我，而更多的时候，藏族队员默默地背起沉重的背包，搀扶着体力不支的队员，走在修路、救援队伍的最前方，他们在艰苦恶劣的环境中不顾个人安危地帮助、照顾汉族队员，甚至已经成为了一种习惯。"特别能战斗、特别能吃苦、特别能忍耐、特别能奉献"的老西藏精神，在登山运动中同样熠熠闪光，激励着登山运动员们在冰封雪岭中勇攀高峰。

藏族同胞对登山事业大力支持

多年以来，山峰所在地的藏族同胞对登山事业同样给予了热情的支持与帮助。

1987 年 10 月，在中日联合攀登拉布吉康峰登顶成功后，队伍遭遇罕见的暴风雪，当时大本营的登山帐篷全部被雪覆盖，仅剩军用帐篷在厚厚的积雪中勉强支撑，运输车辆也被困在山里无法动弹。

眼看着雪越下越大，山峰脚下定日县一个乡的党支书组织村里的老百姓，冒着暴风雪，赶着 40 多头牦牛进山接应登山队。由于雪大路险，藏族老乡走了两天一夜才抵达大本营，夜里就在没有帐篷的恶劣条件下冒着零下 37 摄氏度的严寒露宿。顾不上休息，第三天天一亮，老乡们就把登山队的装备捆到了牦牛身上再次上路，细心的党支书还特意安排了 10 头牦牛走在队伍最前面负责踏雪开路。就这样，当天 24 时登山队终于在藏族同胞冒着生命危险的护送下脱离险境。

忆往昔，这样的故事数不胜数。"无论是 1960 年中国登山队从北侧首次登顶珠峰的创举，还是 2008 年北京奥运火炬在珠峰之巅传递的辉煌，都是以汉藏为代表的各民族队员团结协作、顽强拼搏的结果。在整个中国登山运动历程中，藏族登山队员始终是一支骨干力量。汉藏登山队员同饮一杯水，同吸一瓶氧，患难与共，生死与共，堪称民族团结的楷模。"国家体育总局登山运动管理中心主任、中国登山协会副主席李致新如是总结。

今天，我们在纪念中国登山事业辉煌历程的同时，应该铭记没有汉藏队员的共同努力、团结协作，没有各族人民的大力支持，不可能

有中国登山事业今天的成就，历史的丰碑上永远镌刻着民族团结的深
情厚谊。

2010 年 6 月 4 日，参加"纪念中国登山队首次登顶珠峰 50 周年座
谈会"的汉藏老登山家在怀柔国家登山基地山魂纪念碑下合影。

本文作者：王霞光　谢漪珊

原载：人民网（2010 年 6 月 6 日）

骊山见证：白玛央金的藏汉情缘

白玛央金是西安工程大学 2008 届纺织贸易专业毕业生。毕业后考上了家乡日喀则地区的乡镇公务员。她先后荣获日喀则地区 2012 年度三八红旗手、谢通门县优秀驻寺干部、优秀公务员和自治区级优秀驻寺干部、2014 年西藏自治区先进工作者等荣誉称号。

美好温暖的大学时光

2004 年，白玛央金考取了西安工程大学纺织贸易专业。初来学校的她，普通话很不流利，对于初次离家要和汉族同学相处的白玛来说，对汉族的不了解和语言的障碍让她内心不自觉地充满了距离感和顾虑。但是，白玛却表现出希望快速融入大家的愿望，她经常主动找人说话，同学们有了困难，她也会主动帮忙。

在西安的汉族同学氛围中，白玛的普通话进步很快。随着语言障碍的渐渐消除，慢热的白玛开始展现出她的真诚、纯真、善良与热情。

在大学学习期间，白玛所在的宿舍就是一个姐妹大家庭。大家互相为对方打水打饭，谁生病了，大家陪着她去医院。哪个同学心情不好了，白玛就调皮地站出来，找各种借口请同学吃饭，缓解同学的坏心情和压力。谁月底没钱买东西了，大家就把钱放在一起用。

白玛说，有时口袋里只剩几十元钱，她就和同学花几元钱坐着公交车，带着耳机一起听音乐，一直坐到终点再坐回来。有时大家会把剩下的钱买些零食，堆在桌上一起吃。那个时候的时光简单快乐，是她一辈子的财富。

白玛说："我非常幸运，我们宿舍特别好，我从没想过我能和汉族的同学们成为真正的朋友。"

骊山脚下那个温暖的家

2004年8月底，独自来大学报到的白玛和藏族同学嘎玛玉珍等一起，趁着新生报到的空闲，到学校附近的骊山游玩。在山上，她们遇到了在当地定居的廖恩乃夫妇。

正值夏日，廖恩乃夫妇看到嘎玛玉珍的父母在夏天还穿着藏族的大袍子，满身是汗，就主动上前打招呼，提醒他们要注意防暑，要多休息、多喝水，随后留下了自己的手机号码和住址，叮嘱白玛和嘎玛在求学过程中有什么需要帮助的，随时联系他们。

回到学校后，白玛和玉珍并没有主动联系这两位热心的当地老人。

她们没想到，两位老人却把远道而来的藏族孩子放在了心上。一个学期即将过去，没有孩子们的消息，廖恩乃夫妇主动来到学校。没有名字和联系方式，他们还是通过多方打听，找到了这两个藏族女孩。老人邀请孩子们带上朋友，去家里做客。孩子们并没有马上答应，躲在一旁商量起来。廖恩乃夫妇以为，白玛她们不愿意接受这突来的邀请，就在一旁等待商量结果。后来才知道，几个藏族孩子欣然接受了邀请，她们只是在商量去叔叔、阿姨家里时，一定要按照藏族的礼节，带上哈达、藏香等礼物。

（廖恩乃夫妇一家与白玛央金等藏族孩子的合影。右一为白玛）

就这样，白玛央金、嘎玛玉珍、达瓦潘多、达片，西安科技大学的拉姆次仁、王玲，咸阳民族学校的格桑多布杰、才旦卓嘎等藏族孩子，都在临潼受到了廖恩乃、祝旭清夫妇的照顾。

周末，孩子们会去老两口家，吃廖叔叔做的红烧肉。回学校时，叔叔、阿姨还会给大家带上饺子、水果和糖果。

每逢母亲节、父亲节，孩子们会给叔叔、阿姨送上他们在山上采来的野花，还会教老两口唱藏语歌。"妈妈"祝旭清说，孩子们给她唱《慈祥的母亲》这首歌时，"自己感动得直掉泪"。

到了寒假，白玛和伙伴们因为路远、没有路费，回不了家。"天气这么冷，宿舍里又没暖气"，廖恩乃夫妇想了个主意：邀请孩子们来家里住。白玛和伙伴们就真的带了行李，搬到了叔叔阿姨家。

白玛说："暑假的时候，叔叔阿姨在冰箱里塞一大堆冰淇淋，管够我们吃。上学期间，我们基本每周都去家里吃饭，叔叔会准备一大桌的菜，知道我们喜欢吃肉，每次都炖一大盆红烧肉，特别香。"

白玛说："在叔叔、阿姨家的农历新年，和藏历新年一样让人觉得温暖，有家人的感觉真好。"每个孩子还会从叔叔、阿姨手里领到压岁的大红包。

白玛央金的愿望

四年的大学生活以及与汉族"父母"的温暖相处的时光，对白玛的影响很大。

在后来的驻寺工作中，当白玛看到寺庙里的尼僧们和汉族人交流较少，就会常常和她们聊起自己大学里的汉族朋友，当然还有自己的汉族"父母"。

白玛有一个愿望：能再回到西安，去看看叔叔、阿姨，并为他们做些什么。

白玛说：回到西藏后，我时常想念叔叔和阿姨。但是因为忙于工作，都没能回去看看叔叔阿姨，也没能为叔叔阿姨做些什么，感觉很内疚。

但祝旭清说："我们不求孩子们的回报，他们从那么远的地方来，生活又不适应，在我们这里，他们的父母都会很放心。白玛他们在的时候，给我们带来了很多欢乐，这就够了。"

而白玛这些当年的藏族孩子，大多已经回到西藏，走上了工作岗位。他们正带着心底的感恩，在各行各业中将爱传递到藏区更多人心里。

本文图文编辑：张琪　罗新武

原载：西安工程大学官方微信平台（xpu_wx，2015 年 12 月 11 日）

阿万仓草原上的好"曼巴"

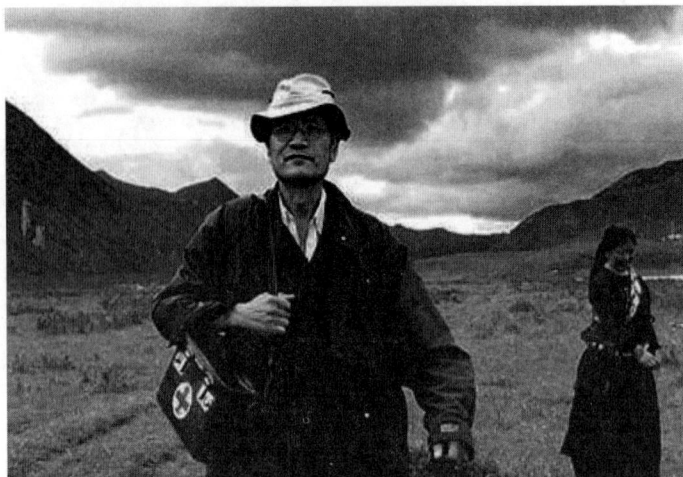

只身打马赴草原，他一路向西，千里万里，不再回头。风雪行医路，情系汉藏缘。四十载似水流年，磨不去他对理想的忠诚。春风今又绿草原，曼巴的故事还会有更年轻的版本。

2010 年"感动中国"十大人物——王万青

2011 年 2 月 14 日，"感动中国"2010 年度人物评选结果揭晓，甘肃省玛曲县人民医院原外科主任医师王万青入选，他的事迹顿时传遍了全国各地。

70 多岁的王万青是甘肃省甘南藏族自治州玛曲县人民医院的一名退休大夫。1968 年，24 岁的他从上海第一医学院毕业后，来到条件极为艰苦的玛曲县。40 多年来，他扎根玛曲高原，进牧村、入帐圈，全心全意为当地藏族群众看病送药，得到了广大藏族群众的尊敬和爱戴。王万青先后获得多项荣誉，1984年被甘肃省委、省政府授予"全省民族团结先进个人"荣誉称号；1986年被甘肃省地方病防治领导小组授予"省地方病防治先进工作者"；1988年被国务院授予"全国民族团结进步模范个人"荣誉称号。

王万青是"全能"大夫，牧民有什么病，他都看。（曹义成／摄）

玛曲县是一个纯牧业县，地处甘、青、川三省交界处，全县藏族人口占总人口数的88%。在王万青曾经工作过20年的玛曲县阿万仓乡，不管在草原还是街头，只要藏族群众见到他，都会非常热情地拉住他的手，嘘寒问暖，亲切地和他交谈，就像久别重逢后的老朋友见了面一样。"曼巴（藏语：医生）是好人，是这个！"79岁的牧民才日西边说边对王万青竖起大拇指。年轻的藏族牧民桑奥碰见王万青，紧紧拉住他的手不愿松开。"在阿万仓，大家都认识他，我小的时候得过肺结核，就是'王曼巴'给治好的。"桑奥心怀感激地说。

王万青草原行医40余年，虽年近古稀，但依然是草原上最受藏族牧民欢迎和尊敬的汉族干部，这靠的是他视藏族为亲人，视玛曲为故乡的感情。他把自己的青春年华无私地奉献给了玛曲高原。"支援藏区就要到群众最需要的地方去，要到最艰苦的地方去。"48 年前，王万青从上海第一医学院毕业时，就立下了这样的誓言。"当时毕业时我们班共有 50 名同学，去西部的并不多。如今有 10 多个同学在国外工作，其他的都生活在国内大城市，只有我一个人还在草原上。"王万青感慨万千地说。

20 世纪 60 年代的玛曲草原，海拔高，路难行，荒凉落后，信息不畅，偶尔还有土匪出没，乡政府的干部都要配枪出行。王万青 1968 年毕业时，坚决要求去甘南州。他到达甘南州首府合作时，恰逢冬天，3000 多米的海拔落差和严重的高原反应，使长期生活在南国水乡的王万青极其不适应，患上感冒后，一病就是 20 多天。但得知玛曲县是甘南州最艰苦的地方时，他又提出了新要求："我要到玛曲去！"

"哪个公社苦，群众缺医少药，我就到哪个公社去！"到了玛曲县城，王万青又提出了新要求。就这样，当时离玛曲县城 70 余公里的阿万仓乡卫生院，成为王万青最终的目的地，在那里，他一干就是 20 年。他把根深深地扎进了草原，再也没有离开过。当时的阿万仓乡卫生院，只有借来的两间小破屋，血压计是唯一的医疗器械，药品都靠牦牛从玛曲县驮回。这里艰苦的工作条件，对于生长在上海的王万青来说，几乎不能称之为一个医疗机构。但是王万青从未退缩过。

王万青在草原上的第一次出诊，就是去抢救一名烧伤的老人和一名患急性扁桃腺炎的妇女。第一次骑马远行，走到半道，马突然受惊，王万青从马上掉了下来，胳膊脱臼，疼得他躺在草地上直打滚。随行的牧民想把他放到马背上驮回去，王万青倔强地挥挥手臂，指导两个牧民给他的伤臂进行复位，然后强忍伤痛继续前行来到两个病人家里，给他们做检查、开药方。此后的几十年里，不论刮风下雨，不管有何风险，王万青绝对不让病人焦急地等待。只要能为群众解除病痛，他就要尽一切办法去尝试。

王万青认识到，为了减轻牧民群众的痛苦，光看病送药还不够，还要让他们少得病，让他们健康地生活。在阿万仓乡工作期间，王万青一个人骑马完成了全乡人畜共患的布氏杆菌病的普查摸底。他和妻子一起，起早贪黑，逐一给当地的牧民孩子实施计划免疫。因为重视防疫，20世纪80年代中期，在阿万仓乡，很多传染病已经得到控制。与此同时，在为当地牧民看病送药的过程中，王万青和他的同事建立了门诊制度，先后为3000名牧民建立了门诊档案，这一措施在之后的很长时间里，依然是玛曲县唯一的。

王万青虽然在乡镇卫生院工作，但他一直注意提高自己的医疗服务水平。在医疗条件极其简陋的玛曲，他实施过甘南州第一例开颅手术，他是甘南州医疗卫生行业第一个正高职称获得者。1984年，一个名叫南美的10岁牧民孩子，被牛角顶穿了肚子，外露肠管都已变色。事发一天后，他的家人把奄奄一息的南美送到了乡卫生院。"血压测不到，转院会死在路上，必须马上做手术。"但当时的阿万仓乡卫生院条件十分简陋，根本不具备做手术的条件。作为医生，王万青心里想的是挽救生命。在征得家长和乡领导的同意后，王万青把两张办公桌并在一起，当作手术台。一个电灯泡加上把手电筒，充当了"无影灯"。实施麻醉后，王万青为南美切除了坏死的肠管，缝合了伤口。10余天后，南美开始进食。牧民们欣喜若狂，奔走相告。

在阿万仓工作了三四年的时候，当赤脚医生的藏族姑娘凯嫪就喜欢上了年轻的大夫王万青。凯嫪的父母和阿万仓的牧民不但不反对这一汉藏姻缘，而且按照当地习俗给他们举办了隆重的婚礼。如今，老两口在家中一个讲上海话，一个讲玛曲藏语，多少年来相敬如宾、风雨同舟的生活经历，使他们在举手投足间达到了一定的默契。他们的四个子女全部留在了玛曲，二女儿王齐梅至今还生活在牧区。

王万青不但把自己变成了藏族人民的女婿，而且和每一位被他救治过的病人结成了亲密无间的兄弟姐妹关系。如今退休在家的王万青，还经常在家里给上门求医的藏族群众治病送药。即便是去在阿万仓乡牧区生活的女儿家中，也带着药箱，抽空到牧区帐圈中走走，顺便为牧民把脉治病。他这种忠于医疗卫生事业，扎根玛曲高原，情系牧民群众的无私奉献精神，在玛曲草原，从 20 世纪 80 年代起直到今天仍被传为佳话。

原载：国家民委创建办网站（2011 年 3 月 25 日）

格桑花开在雪域高原——援藏夫妻

马新明和孙伶伶民族团结之旅

"格桑"，藏语意为"幸福"，格桑花也叫"幸福花"，是西藏首府拉萨市的市花。象征着民族团结，象征着西藏与祖国内地的紧密相连。

以满腔热忱和无私大爱，援藏夫妻马新明和孙伶伶忍受高原缺氧带来的病痛，努力工作，造福当地人民，用实际行动谱写了维护民族团结的佳话。

他们，是盛开在古城拉萨美丽的格桑花。

扶贫济困显真情

2014年9月13日，马新明和孙伶伶夫妇又来到拉萨市堆龙德庆县东嘎村走"亲戚"。村民卓嘎端起酥油茶说："中秋节送来的月饼还没吃完，又来看我们，多耽误人呢！"

身为第六批转第七批援藏干部，在过去的4年中，马新明和孙伶伶认了很多这样的"亲戚"。

马新明现任北京第七批援藏干部领队、拉萨市委副书记，他的扶危济困情结缘于自己的苦难经历。1972年，他出生在贫困县云南丽江市宁蒗彝族自治县一个偏僻的山寨，生活的磨砺，成就了他时刻感恩的大爱情怀。

2011年10月下旬，马新明在扶贫联系点林周县调研时发现，海拔4300多米的阿朗乡，冬天昼夜温差大，孩子们衣着单薄，他与同行的妻子孙伶伶当即决定自掏腰包，为该乡两所小学的400多名学生配发全套冬衣。

为救助高寒农牧区更多的贫困学生，夫妻二人向"未名基金"求助，倡议开展"京藏情·温暖行动"，募集到3000多套冬衣，发给北京援助的当雄县、尼木县等海拔4000米以上的农牧区孩子。

"未名基金"是1997年由这对夫妻及同窗好友在京共同发起成立的，18年来已资助滇、川等地的5000多名贫困学生。

民族团结是西藏实现经济社会跨越式发展和长治久安的根本保障。马新明认为，通过交流交融、携手共进，促进民族团结，是援藏的重要工作。

在他倡议下，北京援藏干部共帮扶困难农牧民500多户；与SOS儿童村家庭结对子定期送温暖；援藏医生还利用节假日，深入农牧区和寺庙开展义诊及送医送药活动。

作为中直单位援藏干部，孙伶伶在西藏社科院工作，历任《西藏研究》编辑部编辑、副主任，当代西藏研究所副所长。援藏四年间，她联系爱心人士，为边远地区学校捐赠了价值数百万元的电脑、图书等物品。

西藏社科院的同事仓决卓玛说,伶伶是一个"温暖的人",特别尊重藏族的风俗习惯。学藏语、唱藏歌、跳藏舞,刻苦学习藏族历史、宗教文化,使她很快融入了集体,与大家情同手足。

堆龙德庆县嘎东寺是马新明的结对联系点。僧人顿珠说,第一次见到马书记时,觉得他亲切友善,没有领导架子。短短几个月,马书记来慰问了好几次,"他非常关心我们的生活,关心寺庙的文物保护和维稳工作,让我非常感动"。

援藏工作见大爱

马新明逢会必讲,援藏干部的首要任务是做好民族团结工作,要多讲团结话、多做团结事。他身体力行,每年组织开展首都艺术家拉萨行、京藏儿童夏令营等 10 多项活动,编织了促进民族团结的纽带。

2014 年 9 月 10 日,由北京市援建的拉萨群众文化体育中心篮球馆座无虚席,这里即将上演首场 CBA(中国男子篮球职业联赛)北京队和八一队的篮球巅峰对决。王治郅、孙悦等著名运动员紧紧拉着西藏自治区福利院儿童的手入场,全场 4000 多名观众起立,面向冉冉升起的五星红旗,高唱国歌。

"那场面,太震撼了!"国家体育总局援藏干部、西藏自治区体育局副局长白喜林说,此次 CBA 西藏行公益活动既推动了西藏篮球运动的开展,又加强了爱国主义教育,促进了民族团结,意义深远。

体育运动不分语言、不分种族、不分国界,是人类最直接、最有效的交流方式之一。作为幕后策划和承办方之一,马新明表示,他将在"第二故乡"与当地干部群众共同努力,通过开展高品质的文体活动,帮助高原人民牢固树立国家意识、公民意识和中华民族共同体意识。

马新明说,没有在西藏工作的经历,很难真正理解民族团结的重要性，很难深切感受维护国家统一的重要性，很难深刻体悟维护西藏发展稳定对国家的非凡战略意义。

2012年，拉萨市作为第一个制定民族团结条例——《拉萨市民族团结进步条例》的省会城市，将每年9月份定为民族团结月，9月17日定为民族团结节。在拉萨市委领导下，马新明组织策划了"56个民族拉萨行"等活动，谱写了民族团结新篇章。

为挖掘西藏爱国主义题材，西藏自治区决定以流传千年的唐蕃和亲故事为主题，通过文成公主来展现汉藏团结的精神。制作大型史诗音乐剧《文成公主》的具体工作，落在了时任拉萨市副市长马新明等人的肩上。从签订合同到创作剧本、音乐、选拔演员、排练、正式上演，仅用了4个月时间，马新明事无巨细亲力亲为。

2012年10月7日，《文成公主》在京首演获得空前成功。天下没有远方，人间都是故乡，有爱就是天堂……一个16岁的弱女子胸怀祖国的大爱精神，深深地感动了首都人民，许多观众流下热泪。目前，《文成公主》实景剧在拉萨常年演出，已经成为靓丽的城市名片和独特的民族文化品牌。

孙伶伶则紧紧围绕涉及藏区发展稳定和民族团结的重大课题开展科学论证，建言献策。位于拉萨市帕玛日山上的关帝庙得以修缮并对外开放，就是最好例证。

公元十八世纪，廓尔喀两次入侵西藏，清政府派兵击退。为纪念战争胜利，经乾隆皇帝和八世达赖喇嘛批准，西藏于1792年修建了帕玛日山关帝庙，感谢"武圣"关羽的护佑，并以此纪念汉、藏、满等各族人民共同抗敌的功绩。

孙伶伶受命收集整理相关资料，建议有关部门按关帝庙原貌予以修缮扩建，使之成为中华民族团结融合和爱国主义教育基地。她的建议得到采纳。

经常与孙伶伶合作的同事边巴拉姆说，孙老师特别重视培养和带动当地科研人员成长，年轻同事参与了她主导的课题后，能力得到提升，有的已经可以独立申请和承担课题了。

"走落了一个又一个红日头，走残了一弯又一弯黄月亮……我的梦想啊，让这里成为人间天堂……"文成公主的优美唱词，道出了马新明与孙伶伶的心声。他们最大的梦想，是广大援藏干部与300多万高原人民合力，让社会主义新西藏变成人间天堂！

团结家庭成典范

1991年，马新明以云南丽江市高考文科状元、孙伶伶以山东烟台栖霞县高考文科状元的身份，双双入读中国政法大学。

新生运动会上，马新明荣获男子5000米冠军，孙伶伶夺得女子3000米冠军，同时被招入田径队。同学开玩笑说，他俩的爱情是在田径场上跑出来的。

来不及品尝甜蜜的爱情，两人便陷入深深的苦恼：彝族人的婚嫁传统是本族内婚，严禁与外族通婚。马新明赴京求学时，父母千叮咛万嘱咐，一定不要为家族抹黑，如果娶其他民族的女子，他们将以死抗议。

马新明怎忍心为了自己的幸福，伤了体弱多病的父母的心。两人只好保守秘密。2002年，与伶伶相爱了8年的马新明，鼓起勇气把父母接到北京。

从机场到家的路上，马新明试探着说，我给你们二老找了儿媳妇，你们看着行就留，不行就换。

马新明第二天便把父母交给伶伶。伶伶与马新明的弟弟推着轮椅载着公公，搀着婆婆，参观了天安门，瞻仰了毛主席遗容，游了故宫、长城、颐和园……一圈下来，马新明忐忑地问："怎么样？"父母笑了："找不到比这个更好的儿媳妇了！"

马新明至今仍感到深深的愧疚，孙伶伶付出了那么多，但没为她举办过婚礼、拍过婚纱照。

工资微薄的他们节衣缩食，把家里的钱几乎都变成了一张张的汇款单。他们说，在贫困山区，很多家庭基本无现金收入，有人甚至吃不饱肚子，如果我们袖手旁观，孩子们很难改变命运。

马新明和孙伶伶在北京的家，还成了滇、贵、川老乡的"大本营"，不少老乡来北京办事、求学、出差，都到这里中转，或寻求帮助。

2003 年，孙伶伶第一次陪马新明回到海拔 2600 米的山区老家。乡亲们以最隆重的篝火晚会，欢迎寨子里的第一个汉族媳妇。

孙伶伶终生难忘：清凉如水的月光下，年轻人围起圆圈，欢快地打跳（西南少数民族的一种舞蹈），老人们则盘坐在地，喝着酒，说着充满智慧哲理的话，教导年轻人如何做人、做事。

临别，一位彝族大爷握着马新明的手说："我把孩子交给你了，以后找工作、找媳妇由你来定，找个像伶伶一样的汉族姑娘更好。"

闻言，孙伶伶热泪盈眶。她意识到，自己与马新明的婚姻终于得到了乡亲们的认可，并改变了他们的传统观念！

由于西藏高寒、缺氧、气压低、辐射强，夫妻二人原本运动员的体质也不断出现状况。孙伶伶严重失眠，记忆力下降，满头秀发日渐稀疏；马新明患上痛风，每年至少急性发作两三次，最严重时，痛风诱发滑膜炎，导致膝盖肿胀，无法屈伸，晚上只能坐着小憩。刻骨铭心的疼痛，使他彻夜难眠。可他依然坚持拄拐杖开会、下乡，从未影响工作。

"诚实做人，踏实做事，追求卓越"，这是马新明的座右铭，更是夫妻二人的共同追求。

　　在有着悠久民族团结传统的雪域高原上，他们夫妇正满怀豪情，与当地人民群众共同谱写着新的民族团结乐章……

　　　　　　　　本文记者：罗布次仁　杨步月　璟静

　　　　　　　　文字原载：新华网（2017 年 9 月 17 日）

一个北京导游眼中的藏族人

我是北京的一名普通导游。前几天，刚刚带了一个来自西藏的纯藏族人团队。在北京的旅游行程当中，他们留给我的震撼是巨大的。

其实在接团之前，我对藏族人民的印象多半来自于电影电视或者别人给予的零星信息，统一来说就是：文化程度很低，与文明社会脱节。刚接到团的时候，我觉得这些传说还真没错，电视上演的也很实在，就是那个形象，黑乎乎的，外表普遍比实际年龄老很多，看起来不怎么洗澡的样子，背非常沉重而简陋的大包，全团都几乎没有一个像样的旅行箱……我自以为是地觉得他们的确与文明社会脱节了。

可是，在后来的接触当中，我才发现，我错得很彻底。而且他们的言行，让身为汉族人的我，极其汗颜。

他们抵达的第一天并没有安排行程，而是打算在酒店休息。因为安排上的失误，原本订好的南二环的那家酒店，突然说没房了，接待不了。于是，已经到了酒店门口的他们还没来得及卸下行李，又被带上车，开到东三环的另一家酒店。下车之后，大家吭哧吭哧地背着沉重的大包，耐心地等待我们发完房卡，然后爬楼梯找到各自的房间。结果意外又出现了，原先订好的那家酒店，又说腾出房间来了，让我们过去。旅行社经理赶过来，决定还是调回原来的那家酒店去。于是，刚刚卸下行李还没来得及理顺东西的他们，又开始打包装车，再返回去。当时，身为导游的我，一直提心吊胆，生怕他们闹起来。因为听说藏民比较野蛮，这么辛苦地来回折腾，万一闹起来把这家店砸了或者把我们都揍一顿，也是有可能的。结果完全出乎我的意料，他们不仅没有闹起来，甚至连怨言都没有，在我们接待方一个劲儿赔礼道歉的情况下，他们居然都微笑着对我们用不太熟练的汉语说"谢谢"。我有些目瞪口呆了。我自问如果我是游客，遇到这种情况，我绝对不是这种态度，即便不趁机占点儿便宜，也是要骂人的。

我怀着不可理解的心情带他们回到刚才到过却把他们拒之门外的酒店。这一番折腾，已经是下午5点多了，他们可是中午12点多到达北京的。团队的全陪，一个看上去很憨厚的藏族汉子，面对这种局面，身负巨大压力的他，居然也没对我说过一句埋怨的话，反而一直在安慰我："没事没事，我会去给他们做工作的。"我不知道该如何去形容我的诧异，因为我见过太多的全陪，为了把自己的责任撇清，不让游客把怨气撒在自己身上，都是帮着游客一起责难地接的，生怕游客认为自己在帮着地接说话，可他居然……我诧异得下巴都快掉下来了。

第二天游故宫。从前门大街下车之后走了一段，我回头想理理队伍，免得走散了。因为一般带汉族团，一下车就跟一盘散沙一样，拍照的、买水的、自顾自往前冲的，或者一团拥在一起买小纪念品的，等等，太正常了。可是我一回头，又一次被惊到了！他们居然两人一排，整整齐齐，一个不乱，安静地跟在我身后。我一停下来，他们马上也停下来了，一脸平静，微笑地看着我。我觉得我似乎有点不会说话了，平时老挂在嘴上的一句话"大家先别散开，跟紧我，不要走丢了"也说不出口了，现在这种状况，似乎会走丢的人是我。我张了张嘴，没说出话，只好冲大家笑了笑，继续带队往前走。

走到天安门广场上，也没有一个人先跑到前面去拍几张照片。先过去的，仍然在前面排着队，后过去的，也没有任何人去插队，皆按顺序在后面排好。结果我们一行四十多人，仅花了五六分钟就过了安检并且排好了队。要知道，换成别的团，过个安检，我光点人就要十几二十分钟！我默默地扶着我的下巴往前走。找了一块空地，我指挥大家把包都放在这里，排队去参观毛主席纪念堂，出来后到这里集合。也没有一个人把包一扔就跑步去排队，生怕落后似的；而是所有人一层一层把包摆好，然后排好队，再慢慢往前走。没有任何人因为自己的包被压在下面而不高兴，或者把包拽出来再放在上面一层。

在他们去排队的时候，我开始反思自己：一向觉得自己是中心的汉族人，自诩为高素质的内地人，在面对藏族人民这样的举动的时候，会不会觉得不自在？会不会跟我一样，非常汗颜？

在故宫的游览中，因为步行距离非常远，而团里又有腿脚不便的老年人，我担心会耽误吃午餐的时间。于是偶尔我也会习惯性地蹦出几句"来，大家跟上我，快一点"。但是我发现，没有人会真的就快一点儿，不是他们不愿意听我的，而是所有人的速度都是以团队中被夹在中间的那几位腿脚不便的老年人为基准的。她们的速度就是全团的速度。即便是我说解散去拍照，他们回来的时候，也必定是带着这几位老年人一起回来的。

在游览故宫之后上车，也是极有秩序丝毫不乱，没有人抢着上车坐前排的座位。大家缓慢而且有序地上车，省时也省力，我一句多余的话都没说。只是在车门旁帮着上车不方便的人，扶她们一把。而她们回报我的都是转过脸来的灿烂的笑容和唯一说得流利的汉语"谢谢"。

后面几天的游览中，我发现，无论什么时候，他们永远都是一副很淡然的样子，无论遇到好事或者是坏事，他们永远都会对别人笑，用汉语说"谢谢"。排队的时候永远是把年龄大的夹在中间；走路的时候从来都是排成整齐的队伍；拍照的时候永远都不会抢好位置；吃东西的时候永远都是把口袋里的东西挨个分到每个人，即便大家都有；上车的时候永远都是排队上；见到乞丐永远都会给钱；见到佛像永远都是虔诚地拜一拜；需要等待的时候永远都是安静地等待，绝不会叽叽喳喳；遇到高兴的事情永远都会开心地笑；说谢谢的时候永远都是面对别人的脸……

去雍和宫的时候，我和全陪聊了一路。我问，为什么这几天总要辛苦地找餐馆？其实吃团餐的地方多了去了。定好多少钱一个人的标准，餐馆给安排，比你这样省钱多了，也方便多了。他说，他们出来玩一次不容易，如果吃得很不好，他们就玩不好；团餐虽然能吃，但是实在是不好吃，找个好点的餐馆点菜吃，虽然很麻烦，也比吃团餐贵，但是他们感觉会好一些，我们不过就是少挣点钱；钱是挣不完的，够用就可以了，挣很多钱，但是让别人不高兴，那会遭报应的。我瞅着他，心里触动极大。平时听这种话多了去了，很多人都会这么说，但是真正能这样做的，又有几人？

最后一天送站的时候，他们给我戴上哈达，并且放下手上沉重的包裹，轮流跟我握手，道谢。我发自内心地感到，我很舍不得他们。这和以往我带的任何团队都不同。以往送团的时候，都是想赶紧送走完事，玩了几天斗智斗勇的累死了。可是送他们的时候，我从内心觉得非常不舍，不舍他们带给我的几天快乐淡然的日子，更不舍和他们在一起的这种轻松无忧的感觉。和他们的相处，让我觉得万事其实都没有太值得计较的东西。

当他们检票进站之后，全陪又一次出来，再次挥手道别。我说，我们必须要拥抱一下。于是我进到站里，和他拥抱、告别。不知道他是不是会明白，其实作为导游，天南海北见过的人太多了，但让我觉得可以倾心相交的朋友实在不多。他是这不多中的一个。

带了这么多年的团，能认识这样一个朋友，真是人生之大幸。

衷心地希望你们能再来北京，我们再相聚。

原载：光明日报（2013 年 7 月 26 日）

唱出汉藏民族情——记西藏首位
戏剧梅花奖获得者班典旺久

  藏戏，藏文化的古老艺术，跨越千年；京剧，汉民族的国粹剧目，历久弥香。在大型京剧藏戏《文成公主》中，饰演松赞干布的他，用底气十足、行云流水的演唱，将藏戏和京剧浑然天成地融合在一起，完美演绎了汉藏民族情缘。

  他，就是西藏首位中国戏剧梅花奖获得者班典旺久。

  今年43岁的班典旺久来自西藏山南地区，这里是藏民族及藏文化的发源地。班典旺久说，他与藏戏的缘分是从初中毕业开始的，"当时自治区藏剧团的老师来学校招收藏戏班学生，经过层层考核选拔，我第一个就被选上了"。

有着俊朗外形、良好声音条件的班典旺久，在藏戏班里却不是最优秀的学生，因为很多同学有丰富的藏戏表演经历。名次在班里排在后面，好强的班典旺久感到了强烈的危机。此后，他每天天不亮就起床，按照老师教的方法练嗓子，课外经常向班里藏戏基础较好的同学学习。

班典旺久也遇到了一位好老师——著名藏戏艺人次仁平措。老师告诉他，传统藏戏练声的最好方法是在水边唱。于是，他有空就到有流水的地方，与水声相和而歌。付出带来回报，毕业剧目《朗萨雯波》的演出在西藏引起了很大反响，班典旺久的表演和唱腔令观众印象深刻。

毕业后，班典旺久进入了西藏自治区藏剧团工作，在这里不断锤炼技艺，不知不觉已有 20 年。在继承和发扬藏戏艺术精髓的同时，班典旺久进行了独特的创新和发展。他的唱腔底气十足、一气呵成，表演典雅质朴、气韵生动。他先后在传统藏戏《白玛文巴》《卓瓦桑姆》《苏吉尼玛》，大型新编藏戏《阿吉拉姆》《朵雄的春天》，大型乐舞《珠穆朗玛》等重要演出中担当主角。

2006 年，在京剧藏戏《文成公主》中饰演松赞干布，更是把他的艺术生涯推向了高潮。他说，能够在这样一部开辟先河、奇妙瑰丽、意境深远的大戏中扮演主角，是他的奇遇和一生的荣耀。这部戏带给他的触动还有——2006 年在内地演出三四十场，2007 年演出十几场，市场化运作下，前来观看的观众仍然络绎不绝，让内地观众也更多地认识和了解了藏戏。与京剧名家邓敏、王艳合作的大型京剧藏戏《文成公主》，更是让班典旺久声名大振。"李世民、文成公主、松赞干布三重唱，衔接部分完美无痕，从京剧到藏剧，从藏剧到京剧，随时转换，完全融到一起，无可挑剔"。

让藏戏离群众更近，是长久以来潜藏在班典旺久内心的愿望。2006

年年初，他发行的传统音乐专辑《天唱》特意收录了经典藏戏唱腔选段、藏戏与交响乐结合唱段、藏戏与京剧结合唱段。"现在，藏戏艺术进入了最好的发展时期。"班典旺久说。大胆的创新，让藏戏由单一的广场戏发展为运用音响、乐队、伴奏等手段的综合性舞台艺术，数字化工作也逐步开展起来。"未来三四年，政府主导的八大传统藏戏数字影像化工作就会完成，老百姓可以在家里打开电脑看，也可以在市场上买到唱片。"

除了每年 80 多场的演出任务，班典旺久现在还承担着西藏大学艺术学院藏戏班的教学工作。班典旺久说，这一角色对他而言超越了所有舞台角色，"我会尽最大努力培养更多的藏戏接班人，毫无保留地把自己的本事传授给他们"。

本文作者：尕玛多吉（《光明日报》记者）　张薇（光明网记者）

李键（《光明日报》通讯员）

原载：光明网—《光明日报》（2015 年 8 月 26 日）

奋斗在雪域高原的大学生村官

"到西部去！""到最艰苦的地方去！""到祖国最需要的地方去！"

2009 年夏天，中南民族大学民族学专业毕业生王东海，看到学校悬挂的这些宣传标语，顿时热血澎湃，萌生了到西藏工作的念头。

数年来，王东海用实际行动兑现了诺言，从大学生村官一步步成长为乡镇党委副书记、镇长，在雪域高原书写了人生的华彩篇章。

留下来，为老百姓干点事儿

从平原江城武汉，陡然空降到平均海拔 4100 米的日喀则市仁布县帕当乡切村，王东海高原反应强烈，有些头痛难忍。

为了迎接全村首位汉族大学生村官，切村像过节一样热闹。家家户户选出代表，给王东海献上洁白的哈达，还宰了两只羊为他接风。然而，热闹的欢迎仪式后，等待他的是接踵而来的难题。

村里条件远比想象中艰苦，一天只有 2 小时的水电供应，没有网络，也没有手机信号，上交的工作材料和简报都要靠手写。更让王东海苦恼的是，全乡没有一家饭馆、菜店、馒头店，买东西要到 30 公里外的县城，做饭极不方便，经常只能吃泡面。在切村 3 年，他至少吃了 580 包方便面。吃、住等生活小事还能设法克服，语言不通却严重影响了王东海开展工作。村里 60 多户村民全是藏族，几乎没人会说汉语。王东海下定决心学藏语。他拜乡政府的一名藏族干部为师，用汉语谐音一字一句记下藏语发音。一年多后，他终于能用简单的藏语与村民们交流了。

在对未来发展感到迷茫的时候，王东海也曾动过回家的念头。在学校，他是班长，会跳街舞，会吹次中音号，还是笛箫协会的创始人。如果到内地发展，他相信一定能过上体面、舒适的生活。每当内心动摇，他就到山上的开阔地坐下来，吹一吹心爱的竹笛。想到村民们在欢迎仪式上满怀期待的目光，想起当初选择到西藏时的雄心壮志，他做出了一个艰难而坚决的决定："留下来，为老百姓干点事儿！"

感情就是这样慢慢建立起来的

不懂藏语、不会劳作，王东海刚到切村时很难打开工作局面。对他这样从内地来的"白面书生"，群众也不知道如何跟他打交道。一个偶然的机会，王东海发现了自己的用武之地。国家为每个村配发了一辆轻型货车，却没人会开。有驾照的王东海自告奋勇当起了司机。他开着这辆被村民们称为"宝马"的金杯货车，拉牛犊、拉牧草、拉水泥、拉化肥，送村民看病、接生、上学。听说王东海会开车，切村周边 5 个村的村民都来请他帮忙。王东海一下忙了起来，一周里，三四天都在外开车，每天早出晚归。

王东海做的这一件件小事，村民们都看在眼里、记在心上。慢慢地，村里人不再把他当外人，"东海，没糌粑吃了吧？我给你送过去""东海，房间冷的话把火燃上，没牛粪了说一声""东海，今天我家儿子结婚，你一定要过来……"王东海说："感情就是这样慢慢建立起来的。"

村里的五保户次仁玉珍老人去世后，按照当地习俗，要举行天葬。天葬地点在拉萨市堆龙德庆县内，驱车往返有近 800 公里路程。村"两委"班子请王东海开上"宝马"，一起前往天葬台。

"天葬是藏族的神圣仪式，只有把我当家人了，才会叫我参与其中。"村民们的信任，让他分外感动。

西藏的冬天大雪纷飞，天寒地冻，道路湿滑。人呼出的水蒸气很快就附在玻璃上结成霜。王东海一边开车，一边不停地擦拭玻璃。经过7个小时的颠簸，终于赶在太阳升起前抵达了目的地。

在天葬台这个灵魂升天的圣洁场所、生与死的轮回之地，王东海获得了对生命意义的禅悟："活着时，好好活，活出精彩；死去时，才能安心地去。"

在他看来，扎根西藏、服务百姓，就是活出精彩的最好方式之一。

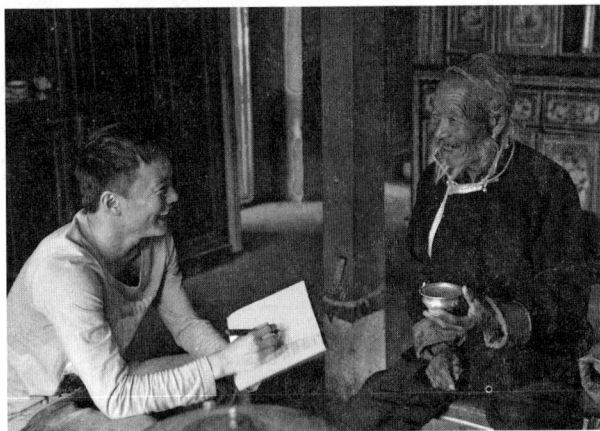

王东海走访群众

干事创业不能总待在办公室里

在切村的每一天，王东海都在思索："我能为乡亲们做些什么？"

切村自然条件相对恶劣，可利用资源少；人多地少矛盾突出，全村400人仅有560亩耕地；经济结构单一，以种植青稞、土豆为主。经过一年多的走访调研，王东海做了"切村发展规划"，提出了几个可行性较强的发展项目，其中之一就是劳务输出。

为了让贫困群众尽快走上致富路，王东海整合村里有技术的剩余劳动力和致富能手，共同出资成立了帕当乡切村劳务输出合作社，注册资金80万元。2011年，王东海通过努力，为合作社争取到3个大型建设项目，总资金达100多万元，解决了35名困难群众的就业和生活问题。

缺氧不缺精神，王东海在工地上与工人一同劳动

社员拉巴次仁高兴地说："自从有了合作社，我们就不用外出务工了，在家门口就有收入，还可以学到技术。"

王东海还通过各种途径，带领贫困群众开起了帕当乡第一家馒头店、第一家蔬菜店，试点养殖了黑白花奶牛，帮助贫困群众脱贫致富。

"干事创业不能总待在办公室里，要拿出实际行动来，干些对群众有益的事，才能带动村民致富。"总结7年来的工作经历，王东海深有感触地说。

2012年10月，由于工作表现突出，王东海被提拔为仁布县德吉林镇党委副书记；2016年1月，他担任了德吉林镇镇长。在全县"八乡一镇"中，他是最年轻的乡镇长。从管理1个村到管理9个村，从偏远的帕当乡来到了县政府所在地，尽管身份、职务发生了变化，但王东海为群众干实事的初心，却始终没有改变。

德吉林镇强钦村村民次珍是一个藏鸡养殖能手，一心想扩大养殖规模，却受到了鸡苗和资金上的限制。2014年，王东海得知她的难处后，从对口帮扶强钦村的武警西藏总队争取了15万元，帮她建起了400平方米的养殖场，又找到乃东县贡桑禽类养殖专业合作社理事长益西卓嘎，争取了600只鸡苗，让次珍成立了强钦村斯龙惠民藏鸡养殖场。

8月11日，次珍带着13岁的女儿高兴地走进鸡舍捡拾藏鸡蛋。"阿妈，一共是40个！"次珍女儿清点了"战利品"后兴奋地说。一个藏鸡蛋卖4元，40个鸡蛋就意味着160元的收入。"一年我光卖鸡蛋，就能收入5万多元。"说起藏鸡养殖，次珍开心又自豪。富裕起来的次珍怀着感恩的心情，主动帮扶了村里3户建档立卡贫困户，每年每户捐助2000元，节假日还会送慰问金。

"在镇长的帮助下，我的日子好过了，也希望能把这份温暖传递下去。"次珍微笑着说。

重视发挥党员的先锋模范作用

王东海在大学时入了党，毕业时还被评为"优秀共产党员"。在他的心中，"党员"是一面旗帜。不论是做村官，还是做乡镇党建工作、当镇长，他都特别重视基层党组织建设和党员先锋模范作用的发挥。

切村党支部书记伦珠，就是王东海一手培养起来的。当时，整个帕当乡没有一家馒头店，村民买馒头要去几十公里外，一次买一大口袋，时间长了，很不利于健康。王东海和村里的党员商议后，利用大学生村官创业项目贷款3万元，带领贫困党员、低保户伦珠开起了馒头店。

王东海以一天200元的工资，从拉萨请了一位馒头师傅当老师。"我跟师傅说好教15天,但伦珠特别勤奋,10天就学会了。他知道,多学一天,就要多花一天钱。"王东海感动地说。

馒头店开张以后,生意格外好,伦珠每月至少收入2000多元。不久,他被评为村里的致富能手,现在还当上了村党支部书记。

让党员富起来,是王东海打的第一步"算盘";让党员带动村民改变观念富起来,是他打的第二步"算盘"。

馒头店开了几个月后,王东海故意让伦珠拿着赚到的七八千元现钞,坐在门口清点。"我想让乡亲们知道,伦珠挣钱了。他们也想要挣钱,就来找王东海要项目。"

伦珠的示范带动作用十分明显。2012年,王东海又带领一名贫困党员开了全乡第一家"党员惠民蔬菜店",彻底改变了帕当乡干部群众吃菜难的问题。现在,蔬菜店每月盈利3000元。

当上乡党委副书记、镇长以后,王东海在全镇的脱贫攻坚工作、"一村一特"项目建设过程中,更加重视发挥党员的先锋模范作用。

艾玛村的贫困党员贡觉,在发展藏香猪养殖过程中,遇到了资金、场地难题。王东海帮他争取5万元资金,在村外建成了一个占地面积1500平方米的养殖场地,还从林芝引进纯种藏香猪3头,改良藏香猪品种。如今,贡觉的藏香猪养殖规模从50头扩大到120头,带动了全村6户建档立卡贫困户脱贫致富。

"人生不过短短数十年,不论生前如何荣华富贵,死后不过一堆白骨。在西藏,虽然获得的物质财富不多,但我觉得人生过得有价值,每天过得有意义,我的心里就感到非常满足、安宁。"王东海说。

本文记者:王珍(照片均由王东海提供)

原载:中国民族报(2016年8月23日)

为藏汉一家亲代言——藏族好阿妈次仁卓玛的朴素追求

湖北省宜昌市西陵区民主路社区居住着一位名叫次仁卓玛的藏族同胞，农奴出身的次仁卓玛于 1986 年随援藏宜昌籍丈夫落户宜昌后，义务参加街道工作，十几年如一日地为群众服务，被群众称为"藏族好阿妈"。她还义务宣传党的民族政策，为民族团结进步事业、实现各民族共同繁荣进步做出了积极贡献，成为藏、汉民族群众的贴心人。

她是街巷邻里贴心人

一到宜昌，卓玛便主动到所在的河水巷居委会请缨要求工作。居委会让她休息几天再说，她却说："我退休了，党员没退休，国家给我发工资，没有不干活的理！"居委会领导被她质朴的情感所打动，让她负责街道治安巡逻、民事调解、计生监督、卫生保洁等工作。第二天一大早，卓玛戴上红袖章就上街忙开了。

河水巷是宜昌城区一条古老的巷道，2000 多米长的巷道都是低矮的平房，环境复杂。卓玛经过一段时间的走访摸底，每家的人口状况、子女就业入学情况、生育情况、孤寡老人的身体和生活情况等都心中有数。

社区里的一些孤寡老人是受照顾的低保对象，卓玛主动承担起照顾老人的义务，从清洁衣服、整理房屋到买生活用品、送早点等。现在，卓玛还经常帮社区里三位老人洗衣服、被子，天晴的时候把被子拿出来晒晒。老人也习惯了卓玛的照顾，遇事就会找卓玛。一位老人弥留之际拉着卓玛的手流泪说："卓玛啊，你对我比亲人还亲，我这辈子都无法报答你呀。"

次仁卓玛热情待人，热心服务，赢得了居民的信任。哪家门锁坏了，自来水龙头关不住水了，电灯泡不亮了，邻居发生纠纷了，夫妻闹矛盾了等琐碎事，都愿找次仁卓玛帮忙。她不厌其烦，尽职尽责，时间一长，这位来自雪域高原的藏族人成了街坊邻居的贴心人，她那不足40平方米的小屋，也成了居民们聚会和交流的场所。

她给宜昌藏族学生一个家

次仁卓玛的家，在一条巷子深处。这是一个破旧、潮湿、等待拆迁的低矮平房，面积不到40平方米，屋内前厅是小卖部，后厅是杂货间和厨房。虽是白天，屋里光线却很暗。

没一件像样家具：坏了的冰箱上堆满了杂物，毛巾只能挤着晾在墙角，屋里只有过道能走人，没有床，老人每天晚上用4个啤酒箱当床腿，架起薄木板当床，白天被子只能收在柜子里。"20多年都这么睡，没觉得不习惯。"面对来访者的疑惑，次仁卓玛淡淡一笑。

就是这样一个小屋，却是藏族学生们温暖的家。早在2000年，次仁卓玛在得知三峡大学定向招收西藏大学生后，主动与校方联系，7个来自西藏的大学生在卓玛家中与她相聚。从此，卓玛的小家就变成了一批又一批藏族学生在宜昌的大家。

每逢节假日，卓玛都要把藏族学生接到家里。2015年春节，她给在校的藏族学生一一打电话，请他们来家里吃年夜饭。大年三十那天，卓玛做了20个菜，晚上，大家围坐在电视机前看着春晚，吃着年夜饭，喝着酥油茶，说着家乡话，其乐融融。

把藏族学生当亲人，卓玛无私地奉献着爱。藏族学生向巴次仁患病住院，次仁卓玛得知后立即赶到医院看望，连续一个月天天送饭到医院；一位藏族学生因家境困难没法按时缴学费，卓玛知道后毫不犹豫把 5000 元送到学校……

这些年，先后有近百名藏族学生得到了次仁卓玛的资助，资助款近 30 万元。

她为藏汉一家亲代言

1939 年，次仁卓玛出生在西藏昌都芒康县纳西民族乡角龙村一户农奴家中。1954 年，解放军挺进昌都，15 岁的卓玛主动跑到部队驻地要求参军。12 年的军队生涯里，她多次参与剿匪和修筑高原公路，荣立一等功。

1966 年，次仁卓玛转业到昌都地区从事民政工作，嫁给了来自宜昌的一名解放军战士。1986 年，她办理退休手续，跟随丈夫回到宜昌定居，靠经营一间小商店养活自己。

次仁卓玛的女儿说，当年她怀孕时家里很困难，周围人都劝她办个低保，却被母亲拒绝了，"母亲说，我们有手有脚能自己挣钱，国家的钱要用在更需要的人身上！"

也有人不理解卓玛，帮助了别人，自己却过得那样清苦。卓玛认为自己很值得："党给了我第二次生命，再苦再难都相信党，永远不会忘记党的恩！"

次仁卓玛经常到宜昌维吾尔族集中居住地的长阳土家族自治县，义务资助那里的贫困学生完成学业，宣讲党的民族政策。2009 年，次仁卓玛被国务院授予"全国民族团结进步模范个人"荣誉称号。

本文作者：唐宜贵　郑延

原载：湖北日报（2015 年 6 月 24 日）

亚格博和他的牦牛博物馆

亚格博，藏语，意即"牦牛老头"

在拉萨市的西藏牦牛博物馆工作人员尼玛次仁的手机里，至今还珍藏着一张照片，那是他"偷拍"下来的：2014 年 5 月 18 日，西藏牦牛博物馆开馆，大家正在欢庆这个难忘的时刻，牦牛博物馆创办人吴雨初的眼泪却不听话地掉了下来……

"我叫亚格博，我是老牦牛，我是做牦牛博物馆的！"在拉萨八廓古城，古董商都认识"亚格博"，"亚格博"这个名字是当地人叫吴雨初的，后来吴雨初也总会这样做着自我介绍。

亚格博已经60多岁，他家在北京，这些年一直在西藏为牦牛博物馆而奔忙，连个春节也没好好过。

梦里的牦牛＋博物馆

亚格博年轻时曾在藏北工作了12年，那里的雪山、牦牛、蓝天、阿妈啦（即藏语"妈妈"）都在他生命里留下了永远抹不掉的印记。他的小伙伴、牦牛博物馆办公室副主任次旦卓嘎说："他对西藏感情特别深，别人都是退休了以后往内地跑，他是退休了往西藏来。"亚格博重回西藏是在2011年，那个时候他身为北京出版集团党委书记兼董事长，还差三年退休，毅然辞掉了官职，只身奔赴拉萨，只为建一个他梦中的牦牛博物馆。

2010年，北京，一个冬夜。亚格博被美梦惊醒，在一台笔记本电脑的蓝色屏幕上，牦牛和博物馆两个词，像动画一般，一个从左边，一个从右边，奇异地拼合在了一起。亚格博就像孩子一样怀揣着这个秘密，独自享受着这份惊喜，"我就像意外获得了一个宝物！"他对谁也没有泄露天机，但他心里的声音变得清晰起来：回西藏办牦牛博物馆！

亚格博和牦牛的特殊情缘，关乎青春、生死、人间大爱，那是一份沉重又动人的记忆。1977年冬天，从江西师范大学毕业的亚格博进藏已至第二个年头。亚格博在从那曲地区回嘉黎县的路上，车行至阿伊拉雪山，遭遇百年不遇的暴雪，50多个人、20多辆车被困，在零下30多摄氏度的寒冬，人们支撑了5天4夜，最后靠老式军用电台才与县里联系上。县里敲响食堂外的大钟，把干部职工动员起来，家家户户连夜烙饼子，送至百里外的阿伊拉雪山。先是县领导乘坐的吉普车送饼子，车走不动。再改由马队驮着饼子。积雪深至马肚子，马也走不了。最后是一群牦牛蹚开了一条路。"我们几近绝望时，看到雪际出现一片黑点，知道县里的救兵到了。"亚格博回忆说，当被困的人们捧着饼子，看着在雪地上喘着粗气的牦牛，很多人都哭了，都说是牦牛救了我们的命。

而亚格博更以为，那个梦，其实是他多年来对西藏情感的凸显。"我从23岁到34岁，都在藏北度过，从最基层的乡，到县、地区，后来到自治区都工作过。那是一个人的世界观、人生观形成的阶段，我有幸遇到了那么多善良的人们，留下了刻骨铭心的记忆，影响了我的一生。"亚格博说，他离开西藏后，几乎年年都会回到西藏去，在那里他有很多朋友，基层牧民、喇嘛活佛、自治区领导……"我热爱那里的土地和人民，关注那里的历史和文化，如果没有这一切，我也不会做那样的梦。"更何况，亚格博始终不认可那种以挣多少钱、当多大官、住多大房、坐什么车、有多大名来判断一个人的价值的观念。"别人也可能认为我这是吃不着葡萄就说葡萄酸，爱怎么说就怎么说吧。我一直认定，自己是否有价值要看有没有创造力。思想的创造力不需要什么来标榜。"

亚格博果真向北京市委提出辞去北京出版集团党委书记兼董事长的职务。"我计算了一下，距离法定退休年龄还有三年多时间，我要抓住这三年时间，把牦牛博物馆办成。"亚格博说，辞职这个过程没有什么挣扎和纠结，这个正局级岗位有很多同志可以担任，但筹建牦牛博物馆可能非他莫属。北京市委很支持，保留了他的待遇。"但我要辞职赴藏的消息，让很多人不理解。有人说，这老头儿的脑子出问题了！"

带着在朋友帮助下制作完成的牦牛博物馆创意"PPT"，亚格博开始在北京市委进行了"游说"。他的西藏情怀融化了市委领导。最后，北京市决定,在日常援藏资金之外,拨出5亿元(实际投资达到7.8亿元),由北京援藏拉萨指挥部兴建一座7万平方米的拉萨市文化体育中心,牦牛博物馆可以加进这个大项目中去。而亚格博也被批准担任北京市援藏指挥部副指挥。

亚格博重返阔别20年的西藏,当飞机着陆在拉萨贡嘎机场的那一刻,他觉得自己依然年轻,浑身充满了活力。

他曾和金丝野牦牛相遇

"牦牛能做什么博物馆,人的博物馆都做不过来,还做什么牦牛博物馆。你一个人两手空空怎么可能做成一个博物馆?不少人就这么怀疑。"亚格博回忆说,当时他身边没有一个人,没有一分钱,没有一辆车,没有一件藏品,只有那个牦牛博物馆"PPT"。

亚格博每天晚上都会在拉萨河畔焦虑地踱步,他有点魂不守舍了,到超市购物,居然一头撞在玻璃上,破碎的玻璃把鼻尖切破。在医院的时候,他不知道鼻子会缝成什么样,但有一点亚格博很清楚,决不能让伤口感染,如果感染,就要离开西藏,回北京治疗。"如果这个时候回北京,牦牛博物馆就真变成传说了。"亚格博想。

还好,伤口没有感染,亚格博也终于迎来了5位志愿者,筹建工作正式启动。亚格博首先和同事,一起对牦牛的主要产区展开了田野调查。这是一次艰难的起步,"我们只能靠在党报上刊发牦牛博物馆筹备办接受捐赠的公告,以证明我们不是骗子。"

关于这次田野调查,尼玛次仁和次旦卓嘎都还记得,亚格博发给大家一些表格,面对一具牦牛头骨,他们会一一询问这头牦牛生前叫什么名字?活了多少岁?如果是公牛,役用了多少年?如果是母牛,产过几胎等等,这些问题的答案会一一填写到调查表格上,而对每一个地方的牦牛，都要拍照，分析牦牛的种类和特征。那时候，亚格博和同伴常常是在河边坐下，拿出事先备好的煮肉、干肉、糌粑，就着清澈的雪水，洗上一根黄瓜，休息大约半个小时，再继续赶路。

田野调查过程中，最惊心动魄的一幕发生在和金丝野牦牛相遇的时刻。按照央视的报道，生活在西藏阿里地区的金丝野牦牛存量不过200头。而亚格博将寻找目标锁定在了阿里地区日土县，开始追寻之路。连当地乡长都说，我干了6年乡长，金丝野牦牛也才见过两次，一次才一头。但亚格博是一个相信奇迹的人。

那一天，天不亮大家就启程了，大约三个半小时的车程，到达了野牦牛山。向导将车停在海拔5500米的山口。他曾在此地放牧，遇到过金丝野牦牛。亚格博说，正在大家忐忑的时候，"我们真的看到了金丝野牦牛！我的心跳得厉害，大气不敢直出，慌忙抄起各自手中的照相机和摄像机。"他永远不会忘记那个画面：在早晨的阳光下，那些金色的宝贝，被映得金光闪闪，它们缓缓地踱步，显示出野牦牛中最高贵族的气派。"我们细数了一下，一共有21头。"而当地向导说，他小时候就在这一带生活，金丝野牦牛也就这么多了。

在牦牛产区进行的田野调查，最终行程3万公里。那辆借来的越野车载着亚格博一行，走过西藏、青海、四川、甘肃的47个县。即便这样一路走下来，亚格博早年在西藏的老部下尼玛次仁还是对老上司的梦想充满了疑惑。"我们以前根本不知道博物馆是什么样，除了西藏博物馆去过几次外，从来没进过其他博物馆，真不知道这博物馆怎么办好。"2012年开始，博物馆基础已开始动工，几个月后房子越来越高，"这么大的房子里能放多少东西呀？这些藏品到底去哪里找，我脑子里空空，一想到这些就害怕了。"

2000 多件藏品的背后

其实亚格博也担心，看到牦牛博物馆建筑框架日渐显露，他兴奋，又焦虑，"8000 多平方米的建筑面积，加上庭院，总共上万平方米，这么巨大的空间，我拿什么来填充啊？"

捐赠的牦牛帐篷

而且亚格博还会碰到人们的追问，做牦牛博物馆，镇馆之宝到底是什么，亚格博说："我会说，我们不是开古董店的，不存在镇馆之宝的概念。所有馆藏，在反映牦牛与藏族人关系的意义上，都具有同样的价值。所不同的只是稀缺性，只是其历史价值和艺术价值。"

话虽如此，对于藏品的规划和寻找却丝毫怠慢不得。在筹备过程中，亚格博和同事就把展陈的框架具体到每个展厅、每个单元、每个局部，大纲上还会标出需要什么藏品。不过，亚格博说，这些藏品并不存在，还不知道去哪儿征集，而真正征集来的藏品，也许又是展陈大纲上没有的，所以这个大纲就要反复修改。

要说牦牛博物馆的第一件藏品，还有特别的故事在其中。藏北牧民日诺一家，听说拉萨要建一座牦牛博物馆，全家花了两个多月时间捻线、编织、缝制了一顶牦牛帐篷，开了3天3夜的车送到拉萨，亲手捐给了亚格博。亚格博感动得不得了。他说，一顶牦牛帐篷，就等于是牧民的"一套房产"，市场价至少也得数万元。"晴天出太阳的时候，牦牛毛会干燥收缩，这样阳光就可以通过长毛间的空隙照进帐篷，而到了雨雪天，牦牛毛会受潮膨胀，将雨雪挡在帐篷外。"亚格博住过牦牛帐篷，他太知道牦牛帐篷的好了。

对于亚格博来说，感动每天都在上演。牦牛博物馆开馆当天，博物馆只送出了300份请柬，来馆人数却将近两千。许多慕名前来者都带着自己珍藏的物件，要求当场捐赠。尼泊尔籍藏族老人次仁扎西把儿子派了来。小伙子打开电脑，屏幕上呈现的是75件精美的藏品。这些藏品分放在中国香港、尼泊尔等地，最后用了一个多月的时间，整理打包运回拉萨，开馆当天全部一次性捐出。

在牦牛博物馆，还有不少藏品来自古董商。八廓古城很多商家都知道有个叫亚格博的，这个亚格博不买铜佛，不买唐卡，不买蜜蜡，专买些奇怪的"破烂儿"。"起初，我是拣了些便宜货，但后来亚格博的名字传开了，亚格博是从北京来的，是做牦牛博物馆的，他们说博物馆是国家的，国家是大大有钱的。"于是，过了一段时间后，这些"破烂儿"就开始涨价了，可是亚格博心里很苦，"我们哪有钱呀，筹备办那点儿钱，都是到处磕头作揖化缘来的。"

亚格博到底是风里雨里闯过来的人，一来二去，他和一个叫则介的古玩店老板成了朋友，则介在古城当起了义务宣传员，说牦牛博物馆的好。突然有一天，则介拿出一枚牦牛皮质天珠，这可是当今市场上的贵重饰品，"亚格博，你办牦牛博物馆，算是我们有缘分，我把这一枚天珠捐给你啊。"

还有一位古玩店老板阿塔，为人精明，谁要想从他那里占便宜，门儿也没有，可当他听说亚格博是办牦牛博物馆的，"我看上的东西，就算是半卖半送了。"亚格博这样说道。

面对人们的热情，亚格博特别在捐赠证书上煞费了一番苦心。"我从西藏寺庙里的经书得到启发，封面用纯正的牦牛皮，内页采用藏纸，外面加一个喇嘛黄色的布套，古典、朴素、庄重。"后来，很多人看到这个证书，认为这个证书本身就有收藏价值。有的人为了得到这个证书，甚至到八廓街上去寻找藏品捐给亚格博。

亚格博和他的小伙伴有过统计，在牦牛博物馆收藏的 2000 多件藏品中，重要的捐赠藏品达五成以上，这在国内博物馆是很难得的一件事。

60 岁再去西藏，什么都要学

牦牛博物馆开馆快两年了，接待观众 10 万人次，大家都没听说亚格博有退居二线的意思，他还有很多忙不完的事情。

牦牛博物馆的主题画，藏族画家昂桑捐赠

牦牛博物馆离拉萨市中心有十几公里，从市里打出租车要 40 元钱，这里只有一趟公交车，因为交通、地理位置的原因，尤其是冬季时，人还比较少。亚格博想尽办法。他开始从各处调动专业人才，尽管这要费很大的周折，但大家都相信亚格博的巨大能量。"他太厉害了，我们西藏人办不到的事情，他都能办到。"大家常常这么说。

而在亚格博的内心深处其实存有更大的雄心。"我希望牦牛文化能够走到祖国内地、走向世界。以巡回展览等方式，通过牦牛及其驮载的历史和文化，让人们认识西藏人民，传播我们总结的牦牛精神——憨厚、忠诚、悲悯、坚韧、勇悍、尽命。"至于他本人呢，他说，没想那么多，能干到什么时候，就干到什么时候，"做一个博物馆是几十年、几代人、甚至几百年的事情，我只是开了一个头。"

办牦牛博物馆的同时，亚格博还收获了副产品——60岁那年，他再学藏文。他想弥补年轻时未能抓住时机苦学藏文的遗憾。

亚格博为此想了一个特别的方法，他把20世纪70年代至80年代在藏北12年的真实经历，写成小故事，请养女桑丹拉卓翻译成藏文，桑丹拉卓一一念下来，录了音，亚格博一有空就会跟着录音学。

桑丹拉卓对他爸啦（即藏语"爸爸"）的学习成绩给予了高度肯定。"他学得挺好的，很努力，每天早上、晚上都在听录音。"而亚格博说："我20多岁去西藏时，觉得自己是个大学生，要为改变西藏做贡献；60岁再去，觉得自己是一个小学生，什么都不懂，都要认真学，甚至语言。"

亚格博为学藏语写下的这些小故事后来结集在《藏北十二年》一书中。这本书很别致，有汉语、藏语、英语3种语言，每个故事都配有笔触简练、可爱的插图。翻开这本书就像在凝望雪域高原一样，让人内心宁静、明澈。因为这里面书写的都是纯美的爱，对雪域高原的爱，对那里人们的爱，更有那里人们对亚格博的爱。

在书中，亚格博写下这样的故事：1981年2月，第一次到申扎县雄梅区。那一年冬天特别寒冷，他骑着马走过草原，差一点冻死了，是一位老阿妈救了他，老阿妈用衣襟温暖了这个陌生人冻僵的双脚。

他还写下了这样一个温暖的瞬间：他在藏北的时候，因为海拔很高，严重缺氧，经常失眠，有一段时间连续5天没有睡着觉。他的部下次仁拉达害怕了，第6天不知道去哪里了。后来有人告诉亚格博，说他到寺庙拜佛去了，他要求佛保佑老师睡个好觉。

次仁拉达正是亚格博养女桑丹拉卓的父亲。亚格博说，他和次仁拉达的友情延续了几十年，直到次仁拉达2008年弥留之际，这位藏族汉子甚至把自己的女儿桑丹拉卓托付给了他，从此，亚格博有了这个女儿。2009年春节，桑丹拉卓到北京在亚格博家过年，包饺子、吃年夜饭，

"我最喜欢吃酸辣土豆丝、北京炸酱面。"多年来，亚格博更是从学习上、生活上关心她。她在西北师范大学上学时，每学期亚格博都会给她寄书。"他给我寄来的书太多了，我喜欢《中国最美的散文》《中国最美的诗歌》，尤其喜欢朱自清的散文、海子的诗歌。"桑丹拉卓说。

穿藏袍、喝酥油茶，经常被人误认为是康巴汉子，他的身边还总是聚拢了一群二三十岁的年轻人，他们都叫他爸啦。

年轻人会说，这个爸啦平日慈祥，就像父亲一样关心、爱护他们，谁要是外出办事，晚回来他都会一直担心。但在工作中，亚格博瞬间变身成另外一个人，那是一个严肃、认真的亚格博。次旦卓嘎说，亚格博早上 6 点就要起床，上午 9 点到办公室，每天都会工作到深夜，从不会浪费一分钟，他也最讨厌别人迟到。"吴老师说 3 点开会，如果我们晚到了一分钟，他就会马上生气。他会说：别说了，不要在时间上惹我。"而 50 岁的尼玛次仁也说，"吴老师从来没有休息日。他实行的是白 + 黑、5+2 工作模式。"

本文记者：路艳霞

来源：人民网（2016 年 3 月 22 日）

原载：中工网

相敬相爱　同舟共济——琼达和汉族妻子林琳的故事

在拉萨海关，有这样一个家庭，夫妻俩在平凡的工作岗位上、日常的生活中，用实际行动浇灌着藏汉民族血肉相连、相亲相爱、相互扶持的民族团结之花。丈夫琼达，藏族，31岁，拉萨海关隶属聂拉木海关通关科科长；妻子，林琳，汉族，30岁，拉萨海关办公室机要档案科主任科员兼副科长；女儿格萨米朵，4岁，幼儿园小朋友。

这个三口之家和大多数家庭一样，只是一个平凡的家庭，没有什么轰轰烈烈的壮举，没有什么感人至深的事迹，但全家人遵纪守法，爱党爱国，政治立场坚定，家庭和谐，相亲相爱，深受单位、邻里和社会的广泛好评。

琼达和林琳分别于2001年和2003年从上海海关学院毕业后分配到聂拉木海关。樟木口岸是全区最大的国家一类陆路通商口岸，长期以来，处在反分裂斗争一线，承担着旅检、查验等一线正面监管的重任。有一次，一名藏族妇女因旅途劳顿不满海关的检查，不配合海关人员工作，并且在旅检大厅内大发牢骚。见此情景，琼达走过去向她敬了一个礼，耐心地进行了解释、劝说工作，这名妇女脸上的怨气才渐渐散去，自愿打开了行李箱。

身边的工作人员觉得没有必要这么做，琼达同志说："樟木口岸进出的藏胞多，如果我们把每个人都看成分裂分子对待，现场的突发事件就会增多，不仅会给真正的不法分子提供可乘之机，也会使归国藏胞对我们国家的政策产生误解。"

相敬相爱，同舟共济。琼达夫妇恩爱和睦，在家里，两人时常交流工作体会，相互取长补短，遇到困惑相互开导，互相分忧解难。

2010年，因工作需要，妻子林琳被调到拉萨工作，夫妻两地分居。虽然在遇到困难的时候彼此不能在身边悉心照顾，但距离并未影响他们之间的情感，他们时刻牵挂着对方，每天都会通过电话关心对方的工作和生活情况。

夫妻俩的父母都受过良好的教育，思想开明。老人们总是积极支持子女的工作，尽量不给子女添麻烦，从未向单位提出过任何要求。琼达的父母已经70多岁，体弱多病，母亲长年吃药输液，父亲于2012年、2013年分别因脑积水和肺部感染住院，都没有告诉远在边关的儿子，只为了让他安心工作。妻子林琳被调到拉萨后，在繁忙的工作之余，每周末都会回家探望老人，经常烧一桌可口的饭菜，陪老人们一起吃饭、聊天，逢年过节也会为他们买各种礼物，从各方面悉心照料老人的生活。

在这样一个幸福美满的家庭中，不同民族的习俗并未影响家庭成员之间的团结、关爱，民族融合的情感在这个家庭得到了很好的诠释。琼达夫妇给孩子取了一个藏族名字，也取了一个汉族名字，并告诉她，她身上流着藏、汉两个民族的血，她是两个民族的爱情结晶，所以要牢记民族团结的重要性，长大后，要做一个践行民族团结、对社会有贡献的人。

本文记者：刘文军

原载：西藏日报（2014年6月30日）

雪域高原的团结典范——记西藏公安消防总队

拉萨支队布达拉宫大队

雄伟壮丽的布达拉宫，曾经见证了松赞干布与文成公主联姻的"历史佳话"，无声地讲述着"世界屋脊"上无数动人的民族团结故事。如今，布达拉宫又见证着消防官兵续写民族团结、维护社会和谐稳定的动人篇章。

数十年来，布达拉宫消防大队在认真做好布达拉宫、大昭寺、罗布林卡"三大世界文化遗产"维稳处突、防火灭火和应急救援任务的基础上，始终牢牢抓住"维护社会和谐稳定，促进各民族共同团结奋斗、共同繁荣发展"这一主题，心系驻地，播洒真情，成为雪域高原的"团结典范"。

忠于职守　维护和谐

旧西藏，布达拉宫是历代达赖喇嘛的冬宫，也是西藏政教合一地方政权的统治中心。新西藏，布达拉宫不仅是广大信教群众敬仰的朝圣之地，也是全国乃至世界著名的旅游目的地，具有极其重大、特殊的政治、历史、宗教、文化地位和国际影响力。

布达拉宫特殊的环境对大队官兵提出了很高的政治要求。"作为一名新兵，刚来到布达拉宫消防大队，我就荣幸地参观荣誉室，接受入队仪式教育，我深深认识到，从雪城到德央厦，上布达拉宫的阶梯就是我人生的跑道，我立志用坚定的理想信念武装头脑，练就过硬本领，争取成为一名名副其实的忠诚卫士！"新战士谭翔，始终牢记着这些人生启迪。

布达拉宫消防大队官兵们的入队仪式

"举行一次入队宣誓仪式、参观一次荣誉室、听一堂布达拉宫历史地位课、接受一次强巴佛殿火灾警示"是布达拉宫消防官兵加入战斗集体的第一课；"重温一次入党誓词、再唱一次队歌、向布达拉宫敬最后一个军礼"是退伍官兵永葆军人本色的神圣洗礼。这些已经成为大队薪火相传的优良传统。

数十年来，大队官兵主动参与到维护布达拉宫秩序，疏导游客、朝佛群众等工作中，用真情和汗水赢得了管理处干部职工和广大僧人、信教群众的信任和尊重，建立了深厚的友谊，为随机开展思想政治工作打下了坚实的基础。

"大队官兵既是我们的消防老师，也是我们的好朋友！"灯香师洛桑顿珠的话道出大队官兵用汗水浇灌出的、僧众给予的信任和尊重。洛桑顿珠说，数十年来，大队官兵与僧众相互学习帮助，结下了深厚情谊。

"消防官兵工作细心、责任心强，始终如一地维护寺庙平安，换作是应当尽义务的我们，都不一定能坚持这么久、干得这么好！"

大昭寺僧人尼玛次仁的心里，对大队官兵一直都是感激和崇拜。在大昭寺每次执勤过程中，无论时间有多晚，身体有多疲惫，消防官兵总是要把所有的酥油灯熄灭，把所有的安全隐患全部排除才会撤出执勤点。

布达拉宫消防大队始终把政治合格作为对官兵的第一要求，狠抓思想政治建设，组织官兵认真学习党的先进理论，深入开展爱国主义教育，切实打牢坚定的政治立场，牢固树立大局意识，首先做到了自身过得硬。

春风化雨、润物无声。大队官兵日复一日、年复一年，不遗余力、不厌其烦地向布达拉宫僧众反复宣讲党的民族宗教政策，讲述党中央对保护西藏文物所采取的特殊措施，尤其是通过新旧西藏对比，使广大僧众真正感到美好生活的来之不易，切实感受到中国共产党好、社会主义好、民族区域自治好、人民军队好、改革开放好、各族人民好，引导僧众以实际行动坚决反对分裂，维护祖国统一，确保布达拉宫的平安和谐。

真情凝爱　服务群众

大队官兵把驻地当故乡、视人民为父母，始终把群众的呼声作为第一信号，把群众的需要作为第一选择，把群众的利益作为第一考虑，把群众的满意作为第一标准，认真践行全心全意为人民服务的宗旨。

2006年7月初，士官蒋朝辛在执勤过程中扶着80多岁的布达拉宫灯香师从白宫到德央厦，这时一名从成都来朝佛的藏族游客匆忙上前请求灯香师给她摸顶。因为海拔高、游客过于激动，导致突发心脏病倒在地上。蒋朝辛见状，通过自己掌握的护理常识，让游客平躺下来，解开衣领让其放松，并迅速给她服下速效救心丸，过了十几分钟这名游客才慢慢恢复神智。事后，游客掏出400元钱表示感谢。蒋朝辛婉言拒绝说："这是我们应该做的！"近年来，到布达拉宫的游客和朝佛群众每年都在百万人左右。大队官兵力所能及地为其排忧解难，使他们不但领略了布达拉宫美景、得到了心灵的慰藉，也感受到了大队官兵的爱民情怀。游客和朝佛信众纷纷称赞："布达拉宫消防兵就是'橙衣天使'，是一群爱民、惠民、护民的'菩萨兵'"。

2007年7月4日，一位到布达拉宫朝佛的藏族老阿妈拄着拐杖从雪城往德央厦石梯慢慢向上挪动。由于天热，加之老人年事已高，一路总是走走歇歇。"老人家这种情况，不知道啥时候才能到达德央厦？"士官蒋朝辛看在眼里，急在心里。他走上前用藏语询问了老人的一些情况，了解到老人是来自青海的朝佛群众。因为蒋朝辛会用藏语交流，老人信任地在他的背扶下，全程朝拜了布达拉宫。事后，老人摸着他的头顶感激地说："消防兵比我亲生的儿子还亲！"

2009 年 8 月初，一位北京游客来拉萨旅游。当他激动地仰望布达拉宫时，却被陡峭的台阶吓住了。原来，他腿部残疾，平时以轮椅代步，陪伴他的家人也因高原反应无力背他上山。正在执勤的战士周杰在了解情况后，毫不犹豫地背着他全程参观了布达拉宫。后来，他给大队寄来感谢信："感谢你们培养出这么好的战士！感谢你们为人民所做的一切！"

"游客和朝佛群众也许不会注意到在红宫白墙间忙碌的那些身影，但当你需要帮助的时候，消防战士一定会第一时间出现在你的眼前。"原布达拉宫管理处处长强巴格桑这样评价消防官兵。

珍视团结　和衷共济

如果说西藏消防官兵忠于使命，奏响的是一曲雄浑的交响乐，那么长期战斗在布达拉宫执勤一线的消防官兵则谱写着拉萨这座城市团结奋进的生命乐章。他们互帮互助，不分彼此；他们直面困难，和衷共济。

热爱西藏文化，学习西藏文化。为更好地做好工作，服务群众，大队一直坚持开展"学藏史、学藏语、唱藏歌、跳藏舞""四学"活动，着力提高"藏语、汉语、英语""三语"学习成效。

互帮互学，共同提高。2002 年 7 月，来自四川的战士蒋朝辛不懂藏语，藏族战士益西次仁就主动教他。现在，蒋朝辛已能用藏语对话。藏族战士格桑次仁一直说不好汉语，蒋朝辛就耐心地教他，慢慢地，格桑次仁的汉语也流利起来。

自幼失去双亲的孤儿、来自藏北牧区的战士洛桑次旦，入伍时连一句汉语也不会讲，在汉族官兵的共同帮助下，现在能说一口流利的普通话。2007 年 6 月，他还作为全国公安消防部队特殊家庭优秀士兵专程到北京参加"同一首歌走进消防"大型公益晚会。

部分官兵还能用简单的英语为外国游客服务。执勤之余，官兵们主动为游客当义务导游，讲解布达拉宫历史、藏传佛教文化、民族艺术与风俗习惯，介绍党的民族宗教政策等，丝毫不比专业导游逊色。

"消防官兵既是布达拉宫的义务讲解员，也是朝佛群众和游客的服务员，还是党的民族宗教政策的宣传员！"布达拉宫管理处工作人员这样称赞他们。

大队官兵把西藏文化融入警营文化，创作了富有西藏民族特色的《牦牛舞》等文艺节目，活跃了警营文化，弘扬了民族艺术。

"藏族和汉族，是一个妈妈的女儿……"《一个妈妈的女儿》这首歌是汉族士官蒋朝辛最爱唱、最爱听的歌。在他的心中，藏汉官兵亲如一家。

大队是一个由藏汉民族组成的大家庭。平日里，不同民族的官兵之间，相互尊重，相互关心，相互帮助。

每当藏历新年来临之时，官兵们就会摆上切玛、盛上酥油茶、倒上青稞酒，按照藏民族风俗习惯，共同庆祝。

2005年，战友们得知战士索朗罗布的母亲疑似罹患胃癌后，都来关心他。大队请示上级批准他休假，让他把母亲接到拉萨看病。各族官兵主动为他捐款1000余元，又联系有关部门，为他母亲解决了5000多元钱的医疗费。

2007年，大队士官陈百志的父亲得了食道癌，而且已是晚期。当时的陈百志面临着退伍，加之家里为了给父亲治病已借了40多万元的外债，情绪波动很大。大队官兵纷纷伸出援助之手，你100元，我200元，大队官兵倾囊相助，立即捐款1万多元。大队还向全支队官兵发出倡议，筹集捐款10万元。消防总队领导得知此事后，也迅速筹集捐款 10 万元送到陈百志手中。家里的困境得以缓解，让陈百志感动不已。退伍回到地方后，他多次来信感谢战友慷慨解囊，表示在地方工作也要继续发扬"忠诚可靠、服务人民、竭诚奉献、民族团结、攻坚克难"的布达拉宫消防精神。

布达拉宫消防工作和部队建设的发展，离不开地方党委政府的支持，更离不开各族干部群众的关心和帮助。对此，大队官兵感同身受。

西藏自治区文化厅、文物局、布达拉宫管理处等单位领导高度重视"三大文化遗产"消防工作，经常给大队解决困难；自治区人民医院领导亲自带队免费给官兵体检、治病；"喜马拉雅"酒店等共建单位在每年春节、藏历新年、"八一"建军节期间慰问大队，与官兵联欢互动……

巍巍布达拉作证，清澈明净的拉萨河明鉴：布达拉宫消防大队官兵在平凡岗位上无私奉献、热情服务，换来的不仅是"三大文化遗产"的平安和谐，而且用实际行动为我们描绘出一幅新时代民族团结进步的动人画卷。

本文记者：崔士鑫　杨正林　张晓明

文字原载：西藏日报（2011 年 11 月 21 日）

一碗面香牵起 53 年的藏汉师生情

2015 年 4 月 10 日，西藏商报社来了一位特殊的客人，
拉中高 64 级毕业生洛旦老人

首次进京　路上闹了很多笑话

"孙主任在学习上对我们很严厉，但在生活上很照顾我们，毕业前他给我做的那碗面条，是我这辈子吃过最美味的。"

洛旦在拉中读书时，孙剑平是教务处主任，"高三那年，还当了我们的班主任。虽然孙主任平时对学生非常严厉，但同学们都跟他关系很好"。洛旦老人回忆，当时有专门的教师宿舍，说是教师宿舍，其实只不过是一间平房，里面仅有一张床，一张用来批改作业、写教案的桌子，一个简单的煤炉灶。

1964年夏天，洛旦刚参加完高考，来自拉萨、山南等地的同学们都纷纷返回家中过暑假。洛旦家远在日喀则，于是他选择留在学校呆一段时间。"一天，孙主任找到我，让我跟他出去一下。当时我吓坏了，以为自己又犯了什么错，肯定又要挨批评了。没想到，孙主任带着我去了他家，为我煮了一碗面条。"洛旦老人说，当时学校的条件不怎么好，平时吃的都是萝卜、白菜，那碗面条温暖了当年瘦小的他。回忆起过去，洛旦老人感慨道："那是我这辈子吃过最美味的面条，虽然孙主任平时对我们的学习抓得比较严，但是也很关心同学们的生活。"

孙剑平（左二）与洛旦（右一）

参加完高考，洛旦、益西央宗、次旺俊美、阿旺次仁这四名学生成绩优异，于是报考了北京的大学。随后，洛旦老人拿出了珍藏多年的一张合影，正是孙主任、张陶校长和这四位同学在北京天安门广场前的合影。"当时，我们四个人都是第一次去这么远的地方，我们从拉萨坐汽车到敦煌，然后又从敦煌柳园火车站坐火车到达北京，多亏了孙主任陪着我们。一路上，我们也闹了不少笑话，比如说在西安的百货大楼里迷路，现在想起来也很丢人。"洛旦老人笑着说。

同窗厚谊　经常蹭同桌的伙食

"叶新生是我们班唯一的汉族学生，当时他可以去教师食堂打饭，当然和他关系最好的我也就能经常蹭他的饭菜，呵呵。"

虽然洛旦老人没在那张"姐妹班"合影上找到自己，但是他却找到了自己的同桌——叶新生。"叶新生是班里唯一的汉族学生，他是上高中时才跟着养父进藏的，他的养父是巴塘藏族。他和藏族学生的关系非常好，大家也喜欢和他一起玩，下课后就聚在一起玩耍，他还让我们教他藏语。叶新生和我的关系最好，因为我们是同桌。虽然毕业后便没有了联络，但是时常会想起他。"洛旦老人说。

当时，学校食堂分为教师食堂和学生食堂，由于当时条件有限，教师食堂的伙食相对较好，可以吃到炒菜、米饭等，而学生食堂只能供应萝卜、土豆、莲花白，每周唯一让我们能开心的就是周二和周四早晨的酥油茶。"上世纪 60 年代，正是全国闹饥荒的时候，能有一口吃的就不错了。夏天通常是莲花白，冬天通常是土豆、萝卜，基本就没换过样，我们自己会带糌粑、馒头。因为叶新生是汉族，所以他可以去教师食堂吃，因为他还没有习惯吃糌粑，我们都很羡慕他，哈哈。"说到这里，洛旦老人笑得非常开心。

"您怎么笑得这么开心？"

洛旦老人说："因为记起了一些事儿，这也是和叶新生做同桌的好处，我可以经常蹭他的伙食。他中午在教师食堂打好饭菜带到教室里，我就会和他分着吃。因为学生食堂的饭菜确实不怎么好吃，而且也吃厌了，呵呵。"洛旦老人回忆说，叶新生对他很好，不会因为蹭伙食而和他生气，而且经常很大方地邀请他来吃。

校园趣事　我是黑板"男一号"

"上了年纪就喜欢回忆过去的事情，读高中的时候，我经常调皮捣蛋，孙主任没少批评我，但我还是很感激他、尊重他。"

每周四，学校"铁皮礼堂"都会有一场公映电影，这也是全校师生最期待的一天。"'铁皮礼堂'前有一块小黑板，上面会通报近期犯错误的学生名字，我的名字经常出现在黑板上，后来大家索性就叫我'男一号'。现在想想，那时候我真是太调皮捣蛋了，但是学习成绩还是很好的，而且我很热爱文艺、体育活动，我当时还是乐队的小提琴手呢！"洛旦老人笑着说。

"孙主任是学校演出的主要负责人，任何一场演出，他都会亲自参与，而且他多才多艺，横笛吹得最棒！最让我佩服的是，他对文艺的高要求——每场演出都严格要求，一次不行就排练两次，两次不行就排练三次，直到大家觉得满意为止。"洛旦老人回忆说，有一次他们排演的合唱节目在自治区文艺汇演中获得了第二名的好成绩。"我和孙主任也是毕业那年分别的，后来虽然偶尔也会打听到一些关于他的消息，不过再也没能相聚。如今孙主任已经不在了，很遗憾没能再见到他一次。"

不少老人喜欢在别人面前，尤其是在年轻人或儿孙面前回忆往事，谈论自己年轻时的事情。有专家说，这种现象在心理学上叫作"回归心理"。洛旦老人告诉记者，如今上了年纪，他也喜欢回忆往事，平时也喜欢和家人聊过去那些美好的事。"现在，每天上午我都会到宗角禄康公园走上几圈，活动筋骨，下午和社区里的同龄老人打打麻将，晚上就在家里看看电视，我最喜欢看电影和体育节目。"洛旦说，无论是过去还是现在的生活，他都觉得很满足。

拉中高 64 级全班同学在布达拉宫前面的合影

本文记者：赵越　刘庆顺

原载：西藏商报（2015 年 4 月 13 日）

汉藏"姐弟"齐心创业

"通过解读'风马旗'和'放生树'两个文化名词，可以了解到在藏族传统文化中信仰、品质与生活的真、善、美和朴素的生态观。"2014年5月25日，在拉萨旁观书社举办的"净土界与极乐心——让我们谈谈蓝天白云背后的故事"讲座交流活动上，来自北京日月林卡旅游公司拉萨分公司的员工思瑶正在发言，这是她和分公司负责人希桡共同策划的活动之一。

1989年出生的藏族小伙子希桡，从小在内地求学。思瑶说："在北京有着良好发展前途的希桡，十分怀念家乡。我们在北京上班的时候，经常从希桡那里得知一些关于西藏的历史文化知识，也常常听他讲西藏的民俗、风俗和历史等，还有些有趣的民间小故事，同事们都很喜欢听他讲故事。"思瑶沉浸在回忆中。

"如今的西藏旅游市场，很多人只是走马观花式地游览，匆匆游过一个景点，紧接着又要去另一个景点，不仅感到累，还会心生许多抱怨。"思瑶说，"游客当中，很少有人愿意停下脚步，细细品味藏文化背后的故事，去感受和接近真正传统的藏文化。"

为了能让游客和"藏漂"们更加深入地了解藏文化的内涵，2013年，希桡向总公司申请在拉萨开办分公司，并得到允许。2014年年初，得知拉萨分公司招人，思瑶义无反顾地辞去了待遇丰厚的工作，成为分公司的员工。

也许是机缘，也许是经营理念上的坚定，希桡在八廓街环形道南侧的拉让宁巴古建大院租了一间50多平米的房屋。据史料记载，拉让宁巴古建大院，历史上称为"吞巴"，是松赞干布时期吐蕃最有名望的重臣吞米·桑布扎的府邸。"能租到这间房子，真的很幸运。成立分公司后，我们就定下了一个关于文化旅游的品牌——'藏源'。既然是做和文化品牌有关的旅游，那么我们的办公点就在古建大院里面，这才相得益彰。"希桡说。

当初，希桡和思瑶着实对古建大院下了一番工夫。

环顾四周，历经几百年的藏式古建大院，如今看来，梁柱新漆、墙面完好，地面铺着干净而富有特色的藏毯，置身房间里，仿佛回到了百年前，能感受到当时大院一派华丽的景象。思瑶拿出手机翻看房间最初的照片，乱拉的电线、破裂的墙壁、满屋的油污，很难想象这正是眼前的房间。"这是我和思瑶共同劳动的结果。我们将这里打扫干净后，专门请来藏族师父，为梁柱重新涂上漆。"希桡说。

拉让宁巴古建大院侧影

半年相处下来，如今只要是两个人都不带团的情况下，他们就会坐在办公室里，对着电脑策划着文化旅游方案。"我们在一起相处得十分愉快，工作上我们互补，希桡是藏族，他对藏文化了解得比较深刻，而我的优势是在于将想法变成可行性强的策划。在生活方面，因为我独自来到拉萨，没有认识的朋友，他一直像亲人一样关心照顾我。公司里的重活累活西绕都一概全包了，经常是累得一天也喝不到一口热水。"思瑶心疼地说。

一个公司只有藏族男孩希桡和汉族女孩思瑶，他们从未有过口角之争，相反，他们互帮互助，共同奔着一个目标前行。思瑶和希桡十分坚定，在不久的将来，凭着他们的努力，一定可以将正在设计的文化之旅推向市场，并受到各方游客的喜爱。

本文记者：王晓莉

原载：西藏日报（2014 年 7 月 22 日）

军民鱼水情　藏汉一家亲

阿里军分区山岗边防连官兵与驻地曲松乡小学师生
在雪山下升国旗（向文军／摄）

典角村——西藏阿里地区边境村之一，也是远近闻名的边境示范村。这里雕梁秀户，高台广厦，俨然是"生命禁区"里的一片"绿洲"。牧民们在构建家园的蓝图时，刻意将村子规划成了"八一"的图案，以此来表达对人民子弟兵发自内心的礼赞。。

阿里素有"世界屋脊"和"生命禁区"之称，地理位置非常偏僻，自然环境极其恶劣，经济社会发展严重滞后。如今，四通八达的柏油路，红砖青瓦的新农村，西藏阿里地区一改以往"车在草原随意跑，十里八乡见不着。刀耕火种乐自在，全然不知天外天"的旧面貌，牧民们住上了楼房，吃上了蔬菜，用上了长明电，这与驻地官兵的真情奉献是分不开的。

曲松乡位于喜马拉雅山脉腹地，每年进入 10 月份，这里就变成了名副其实的"雪海孤岛"。大雪一封山，当地的一些牧民最愁的不是吃饱、穿暖的生活问题，而是孩子的教育问题。由于地处偏远，天气寒冷，物资匮乏，很多老师都不愿意在这里过冬，学校也只能闭门休学。驻扎在乡里的山岗边防连官兵得知此事后，组织起了由大学生士兵和干部组成的义务辅导队，每天到乡小学进行辅导讲课。天气太冷，教室里又没有暖气，学生连笔都抓不稳，官兵们就把教室里的桌椅连着黑板都背到了连队俱乐部。每天看着一张张花一样盛开的笑脸，听着一声声悠扬的读书声成为了官兵在孤独守防生活中最快乐的时光。在连队官兵的努力下，仅 2015 年曲松乡小学就有四名学生考上了内地西藏班。

连队官兵与孩子们一起玩游戏（向文军／摄）

近年来，阿里军分区针对地区教育资源短缺、适龄儿童上学难的实际情况，军分区联合某集团，共建了两个县的 2 所中学及三个乡镇的 3 所"苹果小学"，并依托各边防连深入偏远乡镇的优势，在连队举办"少年军校"，在团以上干部中连续 8 年开展"大手拉小手·真情系校园"捐资助学活动，迄今已为贫困中小学生累计捐款 40 多万元，救助失学儿童 187 名。

只有富边才能稳边强边。近年来，军分区把帮助藏族群众脱贫致富作为义不容辞的政治责任，协调地区先后建立了9个参建新农村示范点。坚持在培训帮带中提升致富本领，针对村民奔富心切，但苦于无门路、缺技术的实际情况，分区出资3万多元，为每户群众购买了《西藏农牧业实用新技术系列教育光盘》，依托边防连队举办汽车驾驶、机械修理、电焊技术、温室种植培训班，帮助300多名村民掌握了一技之长。为解决农牧民群众看病难的问题，分区主动协调地委行署，建立了"分区对地区、营连对牧区"的医疗服务救助机制，定期开展业务培训和巡诊体检活动，累计培训乡镇卫生院（所）医务人员487人，诊治病人3987人次，挽救急重病号14人，免费发放药品价值19万元。坚持在解难帮困中改善民生急需，组织官兵利用节假日帮助村民收割青稞、清理街道、修缮房屋，利用春节、藏历新年、雪顿节等重大节日开展访贫问苦活动，为贫困户、五保户送去大米、青油、茶叶等慰问品和生活急需品。生活条件的逐步改善使村民更加深刻认识到"团结稳定是福，分裂动乱是祸"的道理，先后有37名村民自愿义务担任连队的护边员和民兵信息员，札达县曲松乡等4个乡镇的村民，在自身放牧条件非常紧张的情况下，自愿划出30多亩草场，保障连队军民放牧。

米玛多吉是阿里地区札达县楚鲁松杰乡的一位牧民，每当他谈到解放军时，他就会竖起大拇指对你说"雅古都"。2014年8月，米玛多吉怀孕8个月的女儿腹部突然感到不适并出现了大出血的症状，在前往札达县的路上，由于天黑路险，车子陷在河中动弹不得。情急之下米玛拨通了曼扎边防连的电话。连队在得知这一消息后立即派出车辆前往救援，156公里，越野车在蜿蜒的山路上飞驰了近三个小时，当官兵们接到孕妇时，她的脸上已经没有一丝血色。人命关天，一个人就是两条命，官兵们不敢有丝毫的懈怠，立即请示上级出动直升机前来救援。在与时间的赛跑中，在与死神的角力中，官兵们最终用真情赢得了这场"战斗"的胜利。现在米玛已经成了连队的义务护边员，而他那可爱的小孙女也有了一个"洋气"的汉族名字——恩军。

阿里地区是自然灾害多发区，洪灾、雪灾、泥石流等自然灾害频繁发生，给人民群众的生命财产造成巨大损失。近年来，军分区广大官兵视灾情为命令，冲锋在前，吃苦在先，先后10余次参加抢险救灾，动用兵力达8000多人次。2010年冬，普兰县突遭百年罕见的暴风雪灾害，所有城乡道路被积雪封死，80%的居民断水断电断粮，一些农牧区大量牛羊被冻死。分区党委急地方政府所急，帮人民群众所需，迅速指挥官兵投入抗雪救灾。官兵们冒着泥石流、塌方等危险，挖雪开路，深入农牧区转移群众和财产，搭建临时帐篷，安置受灾群众，并向灾民捐献了价值13万多元的粮、油、衣物和罐头等食品，受到了阿里各族人民的广泛赞誉。

在藏北阿里，牧民们世代传唱着这么一首歌："他们解放我们翻身把家当，看到他们就好像看到了幸福的生活在召唤，他们是谁？是亲人解放军！"时光变迁，阿里已走在了建设小康生活的新征程上，而军民鱼水情深的时代乐章依旧在这离天最近的地方回荡。

本文作者：向文军　罗乐　刘晓东

原载：国防部网（2015年10月23日）

用鸡蛋和土豆结下的"藏汉母女情"

我是 1962 年来的西藏。18 岁的我梳着两条小辫，一路放歌来到了拉萨。

不知不觉在西藏军区总医院工作了 18 年，这里不但教会了我医学的本领，而且教会了我们为人民服务的思想。

年轻时的梁双占（左）

二十世纪七十年代初，医院组织下乡医疗队，科室派我去，我高兴地接受了任务，于是一行 8 人来到了林周农场。那个年代那里缺医少药，病人却很多，我们忙得不可开交，但只要有病人，我们哪怕不吃饭、不睡觉也要看完病人，让这些藏族群众尽量早点赶回家。因为有的老百姓是从很远的山区赶来的。

一天，我骑着马在夕阳下的山坡上走着，远远地看见一个藏族老人在路边向我招手，我以为她病了，忙问她："阿妈啦怎么啦？哪里不舒服吗？"老阿妈深情地望着我，从藏袍里掏出了 2 个鸡蛋、4 个土豆，还是热乎乎的，硬是要我收下。我说您身体不好，又贫血，您自己需要营养。我们两个推来推去地都劝对方收下。她说她的妇科病都让金珠玛米（解放军）全给治好了，谢谢啦！她双手紧扣胸前，一定让我收下。

那时藏族群众的生活也十分贫困，2 个鸡蛋、4 个土豆在当时是很值钱的食品，想要吃个鸡蛋是很不容易的，难得她在心里还想着我，我含泪说："阿妈啦，解放军给您看病是应该的，您和我内地的老母亲一样亲！我们一定会把您的病治好！"此时我们俩紧紧相拥，热泪盈眶，难舍难分。

几十年过去了，如今我已73岁，但这件事在我脑海中永生难忘！

是的，2个鸡蛋、4个土豆在现在来说不算什么，但当年我们藏汉的情谊就是这样建立起来的，是多么的纯朴，多么的深厚啊！

我想您，我的藏族老阿妈！

西藏自治区成立五十周年之际，我祝愿西藏繁荣富强，西藏人民的日子一天比一天美好！

本文作者：梁双占

原载：西藏日报（2015年9月15日）

西藏"90后"内地上学：最大收获莫过于自身成长

20世纪80年代，根据西藏人才奇缺，教育基础相对薄弱的实际情况，党中央、国务院做出了在内地举办西藏班（校）的重大战略决策。

1985年秋，首批2000多名西藏学生踏上去内地西藏班的求学路，对很多孩子来说，这是第一次离开父母、离开故乡。左图为85级西藏班部分学生当年在绍兴的合影（资料图片）。

迄今，内地西藏班已举办30余年，累计为西藏培养人才3万余名。目前，在北京、上海、广东等21省市的普通中学、中等职业学校开办有西藏班约140个。

如今，内地西藏班受到越来越多藏族孩子的欢迎。旦增冉珍、德吉白玛、平措桑旦是三位来自西藏拉萨的"90后"，目前就读于南京信息工程大学，他们都曾在内地西藏班读书。聊起这些年在内地上学的那些事儿，他们说："最大的收获莫过于自身的成长，也能深深体会到对父母、对家乡的爱。毕业后，一定回西藏工作，用学到的本领建设美丽的家乡。"

2005年，13岁的旦增冉珍和12岁的德吉白玛小学毕业后，以优异的成绩同时考入江苏南通西藏民族中学学习，从没离开过家乡的两位小朋友怀着憧憬与好奇来到江苏。

旦增冉珍说："刚开始很好奇内地'长'什么样，身临其境后才发现天气、环境、饮食的不同让我感觉特别不适应，特别是南方潮湿的天气。"

刚到南通时，学校带着藏族新生们游览苏州、无锡、上海世博园以及浙江的景点，大家异常兴奋，见到了在西藏不曾见过的许多新鲜事物。但在好奇兴奋过后孩子们开始"想家、想父母。来自西藏各地年龄相仿的小伙伴们以相互倾诉、相互鼓励来化解这种思念。有烦恼时向生活老师倾诉也是一个好选择。"旦增冉珍说："当时交通不便利，有再多的思念也不能向家里说，即使说了他们也不能立即过来看我们，反而让他们担心。"一到节假日特别是藏历新年，同学们排着队在学校的电话吧给家人打电话，"大家经常说着说着就哭上了，每逢佳节倍思亲，这时真的是最想念远方的家人"。

初中四年（包括预科一年）旦增冉珍从小朋友变成了大姑娘，由于路途遥远，她四年没回过家乡，但每周都给父母写信汇报近期的生活、学习。"初中毕业时每个孩子都积累了一大摞与父母、同学的通信。"她将四年每天在学校的点点滴滴都以日记的形式记录下来，四年后当她的父母看到厚厚的几大本日记都流出了感动的泪水。

学校和老师对藏族学生的要求跟当地学生一模一样，旦增冉珍和德吉白玛说："在学校，作息时间特别有规律，每天过得特别快，很充实。来到这样一所具有优质资源的学校，我们要学到真本领回去更好地建设美丽的家乡。"

每年的藏历新年，学校特意放假三天让同学们欢度藏族传统节日。每当这时，室友们就把宿舍装扮一新，摆上家人寄来的西藏特色食品——干肉、糌粑、酥油茶，穿上漂亮的藏装，自编自演藏族特色的舞蹈、歌曲、小品，"虽然不在家乡，藏历新年也过得有滋有味"。

平措桑旦高中在辽宁营口第四高级中学西藏班就读。从青藏高原到东北，他说："最困难的是生病的时候，不过好在虽然远离父母，但还有来自朋友的温暖。朋友、同学就像一家人相互照顾、相互鼓励。"

如今，当年的三个小朋友都长成了青年，进了同一所大学学习。每年大学里举办的藏文化节让他们特别喜爱，因为"能把藏族的文化介绍给其他民族的同学和外国留学生"。每年的藏文化节上，藏族首饰、唐卡、书籍等展览让校园充满了浓郁的藏文化气息，品尝藏族美食、试穿藏装、欣赏藏族歌舞表演、学藏语……让学校其他民族的同学和外国留学生感到非常有趣。

平措桑旦说："平时每周五在学校组织的跳锅庄都会吸引很多学生学跳，我们会很耐心地教他们怎么跳，我们每星期还组织藏语沙龙，大家一起学习藏语。"

原文作者：马静

原载：中国西藏网（2014 年 9 月 7 日，本次略有调整）

穿越千里的藏汉情——王再洲与他的康巴兄弟的故事

2014年6月初的一天，在人保财险北京总部工作的王再洲接到一通电话：次成顿珠生病了，被确诊为尿毒症。

挂掉电话，王再洲足足愣了半晌。次成顿珠是他在拉萨工作时的司机，更是他兄弟般的亲人。一年前因身体原因离开拉萨时，是次成顿珠最后一次开车把他送到了机场，握手言别时两人已是泪眼婆娑。

记忆中那个健硕、帅气的小伙子怎么突然就病倒了呢？回过神来的王再洲立即给原公司曾经在一起战斗过的同事们打电话询问：次成顿珠的医保能不能报销？尿毒症需要换肾，是不是需要安排转院到内地？立即发动同事为其捐款……

一阵安排过后，王再洲想起来初次见到次成顿珠的情景。那是2008年到昌都俄洛镇的一次出差，正在给农牧民宣传农业保险知识的王再洲看到了次成顿珠，一句汉话都不会讲，但灵活的眼神里充满着对工作人员的羡慕和渴望，憨厚的笑容里散发出无华的淳朴。王再洲上前用藏语和他简单交流，了解到他家里兄弟姊妹多、家庭贫困，自身也没有上过学，但会开车，有短零工就去周边打工，没工没活就四处闲逛。

望着那渴求的眼神，王再洲当即做出了一个决定并请示公司批准：聘次仁成顿珠为人保财险西藏分公司的司机，并同时享受五险一金的保障。

因为不善言语的表达，有了正式工作的次成顿珠就用他的方式表达着自己对这份"知遇"之恩的感激。在公司组织为老百姓送温暖的活动中，他总是同领导和同事们走进百姓的家里，嘘寒问暖，看到贫困家庭他总会力所能及地献上自己的一份心意。单位搬新楼时，次成顿珠总是冲在最前面，什么重活、累活他二话不说地"包干"，大家心疼他让他休息时，他总是呵呵一笑：不累、不累。

而每一次只要出差到昌都，王再洲都会去次成顿珠家看望他年迈的老父母，带些水果、酥油、糌粑，和老人家唠唠嗑。临走时，老父母也会用颤巍巍的手捧出些木耳、奶渣，一定让王再洲带回去给家人尝尝。

不知不觉间，王再洲这个山东汉子和次成顿珠这个康巴汉子之间已有了一份常走常亲的兄弟情谊。

事实上，除了工作原因外，作为"藏二代"的王再洲对西藏的老百姓有着更多、更深的情。他喜欢和他们盘膝坐在帐篷外喝青稞酒，喜欢和他们围坐草地聊放牧牛羊、聊一年的收成。

2012年因为身体不适，在高原坚守了30多年的王再洲不得不离开了这块伴随他成长的土地。然而调回北京工作的他，心里对高原的牵挂却一分未减。王再洲的微信号叫"鲁康巴"，微信里转发最多的也是西藏的风情、西藏的事儿。作为一个山东汉子，他把自己的生命交给了高原，把爱洒在了雪域。

6月5日，10余万元的捐款及时送到了次成顿珠家人手里，随后单位又为其办理了医保，可解决30万元的医药费。对贫困家庭而言，这笔钱是实实在在的救命钱。

6月9日，病情转重的次成顿珠转院到了四川大学华西医院，等待着肾源。此时，千里之外的王再洲更显焦急。电话打过去，次成顿珠已经不能接听了，无力地转动着眼珠，示意姐姐和王再洲多说几句。

然而姐姐拿着电话也说不出话，也只顾着流泪了。

这一次，王再洲再也坐不住了，他决定次成顿珠一手术就飞往成都看看那苦命的兄弟，哪怕看着他、握着他的手，至少也是一份安慰。

千里之外，这份 6 年的藏汉情没有停，也不会停。

本文记者：张黎黎

原载：西藏日报（2014 年 6 月 23 日）

雄嘎社区爱心夫妻罗布旺堆和琼达

"我见到他时，已经是夜里的 11 点多，他独自一人呆坐在汽车四队附近的路边，穿着一件脏得看不出颜色的军大衣，头发凌乱，脸又黑又瘦，两只手交错，揣进袖子里，身子缩成一团，在更深露重的秋夜里，无助又可怜，仿佛被全世界抛弃了。"半个多月过去，每当琼达和罗布旺堆夫妻俩回忆起这个场景，还是连连摇头，不停叹气，眼角的泪珠如同秋夜的露水一样浓重。

"我老家是曲水的，今年 35 岁了，20 多岁时来到拉萨并认识了丈夫罗布旺堆，因为我俩都喜欢做公益所以成立了爱心团队，平时帮助一下有需要的人。"在城关区雄嘎社区的一间小院里，见到了罗布旺堆和琼达夫妇。

正因为夫妻俩平日喜欢帮助别人，因此才有了文章开头的那一幕。罗布旺堆夫妇遇到的人名叫代永康，是一位在拉萨生活多年的"藏二代"，父母已经去世，最近生病又没了生活来源也没人照顾，所以才会流浪路边。夫妻俩从朋友那里听闻他的情况之后，马上开始寻找代永康，终于在 10 月 5 日夜里找到了他。

罗布旺堆回忆说，那天由于已经很晚，所以只能先给他找了一个宾馆住下，并买了些食物给他吃喝，第二天一大早便带他到医院检查。检查后才知道，代永康居然患有肝硬化、腹腔积液、右肾囊肿、肺部感染等多种疾病，治疗需要的大笔费用让夫妻俩发了愁。情急之下，他们先是自掏腰包给代永康买了生活用品和换洗衣物，随后又在各自朋友圈发布了消息，介绍了代永康的情况，不少爱心人士见状纷纷伸出援手，你五十他一百，短短几天捐款达到了一万余元，解决了夫妻俩的燃眉之急。

"这次要是没遇到他俩，我可能已经不在这个世上了。"在拉萨市阜康医院，正躺在床上输液、精神状态也好了许多的代永康说。琼达拿出了一袋秋衣、秋裤、毛衣、袜子等给代永康挑选，罗布旺堆则陪着他观看电视上的藏语节目，"我已经说不出感谢的话来了，等我好了以后，我只有好好打工养活自己、爱惜身体才不辜负他们为我所做的一切"。看着为自己忙前忙后的罗布旺堆夫妇，代永康忍不住落下了感激的泪水。

"阳光纵然慈祥，也不可能让每一棵果树挂满果实。"这是罗布旺堆和琼达最喜欢的一句诗，也是他们做公益的出发点。世界上总有需要帮助的人，而住在雄嘎社区的他们，一直走在散播爱的路上。

本文作者：岑秋梅

原载：拉萨文明网（2016 年 10 月 30 日）

面包·音乐·幸福——巴次和满馨蔚的爱情故事

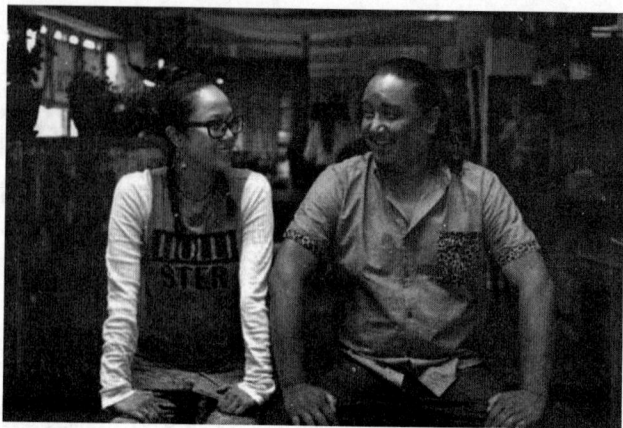

"在雪花飘落的故事里，传送给我爱的温暖……在酥油飘香的日子里，心灵给我爱的传承；我不知是否是前世的承诺，我，走向高原，寻找我的爱人……"（摘自满馨蔚的歌曲《爱人，我走向你》）如果你在周末时光，慢下你的脚步，随意坐在拉萨阿可丁藏式面包房里，老板娘满馨蔚优美的歌声一定会深深地打动你。

这歌声，开启了一位康巴汉子和一个汉族姑娘的爱情旅程，见证了一个温馨和睦、幸福美满的家庭诞生，更诉说着一段关于民族团结和携手奋斗的动人故事。

"爱人，我走向你"

每一段幸福的爱情故事，都有其特殊的缘分；每一段经历过风雨的爱情，都让人为之鼓起勇气去珍惜。2006 藏历火狗新年，曾在成都、北京、巴黎、纽约等城市演出过的满馨蔚，受邀来到西藏参加西藏电视台春节联欢晚会演出。

或许缘分使然，由于节目原编导临时有事，在武警文工团任职的舞蹈编导巴次被朋友推荐给满馨蔚，为她的节目做编导。

"为了保证演出效果，从节目编排到正式演出，巴次都格外用心。"满馨蔚一脸幸福地告诉记者，"在正式演出的前一天晚上，为了演出的音乐效果，巴次耐心地陪着她整整一晚，守着音乐制作人制作音乐。直到天蒙蒙亮，他都不肯下班，我们一起欣赏到了高原美丽的日出。"如此一来，康巴汉子的真诚打动了满馨蔚的心。

"凌晨六点零四分，我孤独地醒来，无奈写下这份思念，离去的心我牵挂，打开冰箱，拿出冰水，边喝边想你也在想我……"（摘自满馨蔚原创词曲《凌晨六点零四分》）演出结束后不久，满馨蔚依依不舍地回到了北京继续工作。"回到北京，我们网络、电话、短信一直都没有断过。"

"情醉日光城"

"我很小的时候，就幻想着去一个遥远的地方，阳光、花瓣、芬芳的草原，我慈祥的阿妈拉亲亲这个小姑娘；今天我走在拉萨，这天上的拉萨……"

千里万里也断不掉康巴汉子和汉族姑娘的情缘，异地恋仅仅只维持了一年多，满馨蔚就毅然决然地放弃了北京的工作，来到拉萨。2008年，在双方父母的祝福下，有情人终成眷属。当爱情步入婚姻，如何才能幸福长久如初？巴次道出了他们夫妻俩的甜蜜"秘方"："我们要用一生去共同完成一件属于我俩的事。"

俩人经过一番商量后，巴次决定去成都和一位非常严厉且出名的面包师傅学做西点。"他每天早晨 5 点就要起床，骑着借来的自行车去学习，而且一站就是一天。"对此满馨蔚十分心疼，但巴次却总是在电话里安慰满馨蔚，成都之行每一日给他带来的收获远大于辛苦。期间，满馨蔚也深深感受到巴次的决心，于是一心埋头投入到音乐创作中，"因为他，我的创作如鱼得水。"满馨蔚的音乐创作因此放弃了随大流，选择了像这位康巴汉子一样真诚、朴实、自然的音乐创作。

"时光多美好"

学会了制作西点的理论知识，巴次便回到拉萨辞去了武警文工团舞蹈编导一职。2009年8月7日，是这对夫妻最幸福的一天，这一天，巴次和满馨蔚有了两个属于自己的"孩子"。

这天上午，阿可丁（Accordion英语"手风琴"之意）藏式面包房正式开业；这天下午，巴次在产房外，迎接了他们的女儿阿泱拉姆。"'阿'取自'阿可丁'，因为巴次是创始人，代表他；'泱'，是旋律的意思，代表我，'拉姆'就是仙女的意思。"满馨蔚说。

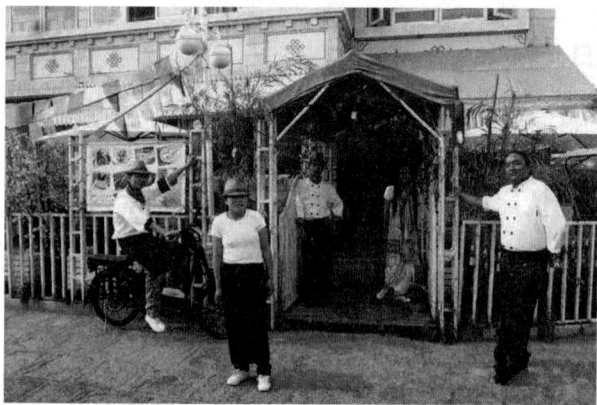

"之所以说阿可丁也是我们的孩子，原因有三：我们店里的员工都不是员工，是我们的'兄弟姐妹'；二是所有朋友都不称阿可丁为'店'，而是自然而然地成为大家共同的一个'家'；还有一个则是在这里，

你可以感受到《时光多美好》，这是我们的店歌，要回家听哦。"从采访结束到开始表演，满馨蔚的脸上一直挂着幸福的笑容，一旁的巴次，则全神贯注地听着她唱歌。

　　如满馨蔚所讲，之所以有了店歌，并不是要把它做成企业的标签，而是把它当作一件生活中最快乐的事情去做，让面包店里有音乐，让音乐里面有着满满的幸福。

本文记者：王晓莉

文字原载：西藏日报（2014 年 6 月 9 日）

给我一杯时光，让我沉醉天堂——书吧老板老潘的高原情

金秋十月的拉萨河畔，有一家阳光满溢的温暖书店，店内每日书香萦绕，还有可口的咖啡茶艺。院子里种满了格桑花、向日葵、葡萄、草莓。在书店里，每天都可以看到拉萨河畔的日出日落、云卷云舒。

"以梦为马，随风散落天涯。"这句略带诗意的话，是书店老板老潘在书吧招牌上留下的。不过，走进书店，记者脑海里却突然浮现出"岁月静好，温暖常在，此生足矣"的想法。

8 年前，来西藏旅行的老潘自驾走完了进藏的 6 条线路。这里的美好让他留恋，最终，老潘选择了留在圣地，在这里实现自己的梦想：

传播多年的旅行文化。

老潘支教时给孩子们讲课的情景

一年多以前，老潘在西藏的第一家"天堂时光"书店开业了。之所以叫"天堂时光"，是因为在老潘心中，圣湖纳木错就是天堂，留在西藏的日子就是最美好的天堂时光。名字的含义是：给我一杯时光，让我沉醉天堂。

很快，在圣地，老潘的 7 家"天堂时光"书店相继开起来，并且在旅行者中赢得了良好口碑。在实体书店日渐衰落的当下，老潘的"天堂时光"旅行书店却成功实现了盈利，他将原因总结为定位准确。

"天堂时光"就是纯粹的旅行书店，每家店都只售卖关于旅行和禅修两方面的书籍，单纯得就像西藏的天空。此外，书店还通过售卖原创明信片、书签、本子，体现旅行文化。在这里，最常见的景象就是来自各地的旅行者围坐在书桌前，认真地把自己的旅行感受写在精心挑选的明信片上，寄向远方。

"天堂时光"承载着老潘的青春与梦想，也涵盖了关于读书、旅行、电影、明信片、音乐、文艺、公益、在路上等所有元素，创造出一个文化栖息之地。它也是一个窗口，从每年的大量游客中，沉淀那些相濡以沫的同类，共同延伸着关于梦想的话题。

整天不得闲的老潘，偶尔会在书店里跟客人聊聊天。"我已经把好多人给聊辞职了，然后就留在了西藏。"在年轻人心中播下希望的种子，已经成为老潘和它的书店最博大的理念。

本文记者：鹿丽娟

西藏日报（2014 年 11 月 6 日，本次略有改编）

奔向日喀则的呼唤——记山东省烟台市
第七批援藏干部李冬

他，在"4·25"地震中，坚守樟木"孤岛"，成为灾区群众的主心骨，被称为"孤岛英雄"。

他，援藏三年，精心筹划落实"产业援藏"，满怀真情推动"民生援藏"，被百姓称为"民生书记"。

他，全心全意为群众服务，书写了一个又一个藏汉一家亲的感人故事，让民族团结之花在雪域高原盛开。

他，就是山东省烟台市第七批援藏干部，聂拉木县委副书记、常务副县长李冬。

坚守"孤岛" 全情投入灾后重建

2015年4月25日，尼泊尔8.1级地震波及聂拉木县，霎时，山摇地动，房屋崩塌。

正在中尼边境的樟木镇组织规划工作的李冬，迅速反应过来："地震了！"他立即站上一辆红色消防车，拿起车载扩音器喊道："我是县委副书记！大家不要慌，听我指挥……"短短半个小时，在"军警地"

有关领导协助下，选定了 8 个相对安全地带，紧急疏散、转移 4000 余名群众。

地震使樟木成为一座"孤岛"，可李冬没有被困难吓倒。震后一个多小时，李冬立即安排樟木镇内干部搜集所有帐篷、塑料棚布、蜡烛、发电机、饮用水、食品等物资，在不足两个小时的时间内建起 10 个临时安置点、搭建起 80 多顶帐篷；当晚 8 时左右在各个安置点建立了热水供应处，为群众发放方便面、面包、矿泉水等食物，到 4 月 27 日下午，多数安置点已经供上了电和水。

5 个昼夜，这是樟木镇与外界失去联络的时间。在这段时间里，李冬几乎没有合过眼，争分夺秒带领干部群众展开生命救援、群众安置、物资供给、卫生防疫、紧急疏散等工作，使樟木在余震不断、四周塌方的情况下没有增加新的伤亡，最大限度保护了 6000 多名群众的安全，并配合上级领导圆满完成了樟木镇群众安全大转移。

群众撤离了，安全了，可李冬却顾不上休息。在抗震救灾取得阶段性胜利后，全区启动灾后重建工作，李冬又围绕群众生产生活自救工作深入各乡镇开展调研，协助县委县政府做好民房、小城镇、基础设施、公共服务等项目的规划、设计工作。

此外，李冬全身心投入到灾后恢复重建工作中，推进山东援藏中心组和烟台分组统筹 6050 万元的齐鲁新村灾后重建项目；积极沟通协调，向区、市争取到投资 4390 万元的充堆至普洛公路项目，拓展县城的发展空间，带动神鹰雪山、充堆冰川、酸奶湖旅游资源的开发，为聂拉木县经济社会发展起到举足轻重的作用。

实施"产业援藏" 情系百姓民生

危难时刻勇于担当，平时更需要奋发有为。

自 2013 年 6 月进藏以来，在充分调研的基础上，李冬同援藏工作组一起提出了"授之以鱼，更要授之以渔"的援藏思路。"我们就是要依托产业开发，让老百姓富起来。"李冬说。

3 年间，本着因地制宜发展产业的思路，李冬与烟台援藏同事一起真抓实干，不贪大求全，根据县里的实际需求，规划实施了 19 个工程类项目，援藏投资 9118 万元，整合带动其他投资 2.5 亿元。此外，他们还为县里争取到国家资金 2300 万元，引进社会资金 1900 万元。

李冬具体牵头实施投资 1860 万元的县城"两路一公园"建设项目已全面竣工验收，完善了城市功能，也为百姓提供休闲乐园；他主抓的援藏项目——烟台与西藏本地企业共同投资成立的雪域露珠水资源开发有限公司已经投产，来自世界最高峰的地下自涌天然泉水即将走向世界。

在西藏，改善民生始终是各级党委、政府的头等大事，而能否把这件大事落到实处，关键在于是否用心用情。李冬和同事们整合援藏资金和内地资源，投入 1.08 亿元，规划实施了涵盖 5 个方面、24 个民生项目的"高原梦·山海情"援藏惠民公益行动。

同时，"四个一百"困难群众帮扶、3 批次"万里送温暖"救灾救济、120 对"一帮一"结对助学、设立"烟台奖学金"、为 50 名孩子圆新学年梦想、3 次巡回义诊、组建县民间艺术团、配备 26 辆警务用车、开建县群众文化活动中心、3 个小城镇和"两路一公园"建设、发展温泉与矿泉水 2 个富民产业、扶持 8 个农村合作社、3 批次基层干部和技术人员培训等 17 项工作已经启动实施，累计投入资金 2050 万元。

行走在聂拉木县的乡村城镇，谈起李冬，群众都亲切称呼他为"民生书记"。得到过李冬帮助的拉巴桑姆说："感谢共产党给我们派来了李冬书记，他就是我们心中的活菩萨。"

加强两地交流 浇灌民族团结之花

在聂拉木县，还流传着李冬与他的司机普布扎西藏汉一家亲的动人故事。

自 2013 年 6 月进藏以来，为了聂拉木县的发展，李冬从不知休息为何物，白天黑夜地忙碌在工作中，看着李冬日渐消瘦的脸额，普布扎西感动不已，只能通过认真开车，来表达对李冬的感激之情。"4·25"地震中，普布扎西担心李冬的安危，不顾安置棚中的妻儿，毅然陪同指挥救灾的他四处奔波。一次，在涉险爬山实地勘察山体受损情况时，突然发生余震，山体巨石滚落，两人都差点丢掉性命。像这样的事还有不少。

"民族团结就是生命线。"李冬时时刻刻把习近平总书记这句话记在心里。他不仅是这样想的，也是这样做的。

在日常工作和多个援藏项目的落实过程中，李冬始终以孔繁森等模范人物为榜样，时时刻刻把群众利益摆在首位，把群众冷暖放在心上。3 年间，他深入农牧区走访调研 100 余次，协调解决群众反映问题 200 多件，个人出资帮扶贫困户 2 户、贫困党员和贫困学生 20 多人，不仅拉近与群众"身"的距离，更拉近与群众"心"的距离。

不仅同农牧民群众是亲如一家，李冬和全县干部职工也是如兄弟姐妹一般。李冬主要分管宣传部、政府办、住建局等部门，进藏 3 年，李冬注重把内地的成熟经验和聂拉木具体实际有机结合，大力推动体制创新、理念创新、工作创新，使机关干部精神面貌和工作能力取得极大改善；3 年间，他共争取上级廉租房投资 615 万元，公租房投资 1060 万元，县直周转房投资 1082 万元，乡镇周转房投资 3850 万元，有力改善了干部职工的住宿条件。谈起李冬，聂拉木县干部纷纷说道："我们从他身上学到了很多，不仅是敢于担当的精神，还有全新的工作理念。"

"无怨无悔、勇往直前，奔向日喀则的呼唤……"这是山东援藏干部自己创作的援藏之歌——《奔向日喀则的呼唤》。

正如歌中所唱，李冬把聂拉木当作自己的第二个故乡，把美好的青春无怨无悔地投入到聂拉木的建设发展之中。他，为雪域高原的明天殚精竭虑，赢得了当地百姓的衷心拥护和感激。

本文作者：王杰

原载：中国西藏新闻网（2016 年 6 月 21 日）

藏汉回三个民族组成的民族团结家庭

  年近 80 岁的薄金清是西藏拉萨一位普普通通的退休老职工，他头发花白，脸上总是保持着和善的笑容。而在他所在的大家庭中，已是四代同堂，汉、藏、回三个民族的人们共同和谐地生活着。薄金清是汉族、老伴儿巴桑是藏族、女婿马吾德是回族。挂在墙上的全家福上写着的"三族相敬，四世同心"字样，这正是这个家庭真实的写照。

薄金清全家福

互相尊重 三个民族一个家

那是 57 年前的 3 月，20 岁的薄金清入伍进藏。一年后，他从部队转业到自治区气象局工作，在这里，他结识了刚从西藏公学（现已改名西藏民族大学）毕业被分配到气象局当翻译的巴桑。年轻貌美的巴桑能歌善舞，不乏追求者，薄金清就是其中一个。暗恋巴桑的他从学习藏语入手，找机会就用学藏语为由接近巴桑。而从事翻译的巴桑每次观测的数据都要交给从事气象观测的薄金清。一来二往，他们相爱了，在一年后的国庆节，两人正式步入婚姻的殿堂。

就这样，一位藏族姑娘和汉族青年的爱情，拉开了这个幸福家庭的序幕。婚后，薄金清夫妇的 4 个孩子相继呱呱坠地。在那个艰苦的年代，为了维持一家人的生活，夫妇俩在八一农场附近开荒种地，种土豆、种白菜……随着孩子们一个个参加工作，家里的条件也一天天得到改善。而回族青年、女婿马吾德的加入，让这个家庭的生活更加丰富多彩。

那是 20 世纪 80 年代，马吾德从老家甘肃来到西藏做生意，因为得了胃病，他在薄金清女儿薄咏梅所在的医院住院。当时，回族的马吾德在医院吃饭不方便，薄咏梅就专门跑了几公里路给他买来了清真餐。马吾德听不懂藏语，薄咏梅还热心地给他做翻译。面对善良的薄咏梅，马吾德动了心。而结婚后，女婿马吾德没有让薄金清一家失望，婚后，马吾德对薄咏梅的照顾无微不至。2008 年，巴桑重病昏迷，马吾德赶来抱着母亲就往车上跑，到了医院又把巴桑抱下车。随后照顾卧床母亲，马吾德更是尽心尽力。现在，薄咏梅和马吾德的孙子已经两岁多了，很是可爱。

每逢节假日，全家人齐聚一堂，其乐融融，欢笑声在小院的上空回荡。和别的家庭不同，薄金清的家每年要过三次新年。一到春节，全家依照传统放鞭炮、贴春联；而到了藏历新年，全家则会摆切玛、吃古突；古尔邦节时，薄金清和巴桑也会准备一些清真的牛羊肉和糕点，全家人一起吃。

结婚 40 周年纪念日当天，巴桑与薄金清的合影

薄金清老人说："多民族家庭和睦最重要的秘诀是尊重不同民族的习俗，不干涉信仰，不逼不劝，给充分的生活和信仰空间，让大家都自在。"他是这么说的，也是这么做的。巴桑说："老头是汉族，但是对西藏的生活习俗比我还熟。"老奶奶说着，脸上溢满幸福的笑容，"从结婚到现在，每天早上他都打好酥油茶，准备好糌粑等我起床。"而只要二女婿马吾德回家吃饭，大家也会为他准备单独的锅碗和清真食物。

教子有方　四世同堂乐融融

薄金清夫妇在工作和生活中以身作则，用他们坚韧不拔的意志一直影响着自己的子女，将这种精神和担当作为每个人的行为准则。女儿薄咏梅在医院工作，有一次从牧区来了位重症病人，病人家庭十分困难，家属因为一时间凑不出治疗费用而急得手足无措。薄金梅见状马上掏出钱为病人先垫付了医药费，使病人得到了及时救治。孙女小月在家里人的言传身教下，也经常利用寒暑假的时间，定期到孤儿院去帮助那里的孩子，还用自己的零花钱给他们买文具、买衣服。

勤俭是中华民族的传统美德之一，他们家庭倡导文明科学的生活方式，注重科学理财、合理消费、勤俭节约。他们时常教导孩子："虽然现在的生活条件越来越好了，但是勤俭持家的传统不能丢，生活中点点滴滴要从每件小事做起。"

孙女小月说："从小爷爷奶奶就告诉我们要勤俭节约。家里好多旧家具，我们都想扔掉，给他们换新的，可是爷爷奶奶不让，总是说修一下还可以用。"而小月的孩子，也就是薄金清夫妇的重孙，有时吃饭时把米粒掉到了桌子上，才两岁的小家伙都会捡起来，还自言自语道："不能浪费粮食，粒粒皆辛苦。"就是这样，勤俭节约的意识深入到了每一个家庭成员之中，并成为全家人一种良好的生活习惯。平时做到人走灯灭，养成随手关灯的良好习惯，注意节约每一度电和每一吨水。目前，薄金清院子里还种了花椒、桃树、夹桃树、大葱小葱，为家庭创造了舒适、优美、低碳的生活环境和方式。

二女儿笑着说："阿爸阿妈对自己花钱舍不得，可是在我们姐妹几个包括我们的孩子教育上很舍得，他们希望我们成长为对社会有用的人，还好我们姐妹几个包括我们的孩子没有让他们失望。前段时间，我们医院要买集资房，可是父亲不让，说是不能占国家的便宜，所以我们家的房子都是用自己的工资买的。这次我们回家就是商量着给小妹妹买套房子，钱都是我们一家人凑的。"

"爷爷奶奶可大方了，他们对我们就像自己的亲儿女。"听到老人子女的话，一直在一边陪我们聊天的租客秦万红终于搭话了。"我在这里已经住6年了，6年间老人不知道帮了我多少忙。没有钱交房租，老人不但没有催我要钱，反而帮助我解决了家里的一些困难；他们可是很大方的，去年春节我们可都是在一起过的，他们还拿出茅台酒招待我呢，我都喝醉了。"说到这里，秦万红不好意思地笑开了。

看到秦万红的窘样，院落里的人哈哈大笑起来。"真心把大家当成一家人，对谁都掏心窝子，感情自然好。"薄金清老人说，"家庭幸福不能仅仅局限在自己的小家，小家幸福不是真正的幸福，还要和身边的人搞好关系，这样我们整个社会、整个民族就会幸福。""平安如意步步高，人和家顺年年好。"贴在老人家门口的这副对联，道出了这户民族团结大家庭里的人们对新年的期盼。

从薄金清入伍进藏，到现在已经有50多个年头了，西藏各民族之间的深厚情谊让他深为感动。薄金清经常对儿孙们说："家和万事兴，我们国家56个民族就像56个兄弟姐妹，兄弟姐妹们团结在一起了，什么困难也难不倒我们，民族团结了，国家也就富强了。"

20多口人，每人都有自己的个性特征，三个民族，每个民族都有自己的风俗习惯，但是他们有共同的生活信念：团结、友爱、善良、勤俭。每个人都有自己的空间，整个家庭也有统一的价值观。这样的家庭才能和谐，才能成为最美大家庭。

原载：拉萨文明网（2016年3月10日）
原标题：薄金清家：三族相敬 四世同心

西藏：我的第二故乡

青藏高原，群山茫茫。生活在这里的以藏民族为主体的各民族无论是血缘、文化、经济，还是宗教和历史，在很长的历史长河里，与内地的以汉民族为主体的各民族有着紧密的联系。一位农奴出生的藏族干部就曾总结说：无论藏族、汉族，都是中华民族。

作为一名来自河北的汉族学生，在来到拉萨一年多的时间里多次和我的藏族好朋友，到大昭寺参观游览，每次都会在大昭寺正门入口处的唐蕃会盟碑前驻足。

唐蕃会盟碑又称"长庆会盟碑"或"甥舅和盟碑"，这是公元823年，吐蕃赞普为纪念长庆元年至二年间的唐蕃会盟所建。即使历经一千多年的风雨沧桑，它依然静静地肃立在桑烟缭绕的拉萨大昭寺广场上，

见证着千百年来藏汉一家亲的故事，见证着藏汉民族团结。虽历经千年风雨剥蚀，上面的文字仍能辨认，"汉藏两族欢好之念永未断绝"。

2012年9月我告别我的家乡来到神秘而又美丽的西藏求学，长这么大第一次离开家乡，并且来到遥远而又美丽的拉萨，心里既有激动又有思乡的情绪。

初到宿舍就认识了藏族帅哥，旺久坚参。他以藏族人特有的热情招呼我，跟我谈他美丽的家乡，美丽的藏北草原，又带我去熟悉校园，带我去熟悉拉萨，顿时觉得一切是那么的亲近，让我思乡的情绪慢慢落下心头。

一次夜里，我突发胃病，是旺久背着我，冒着急雨，把我送到医院，别的舍友都回去休息了，他却陪了我一整个晚上。拉萨有雨的夜晚非常的寒冷，可是他却不言语一句，只是默默地相伴，他看我那坚定的眼神，让我忘记了病痛，忘记了思乡，只记得他那坚定的眼神。

在来到拉萨的这一段时间里，我感受到了家乡人一样的温暖，一样的热情好客，一样的乐于助人。每次我们去爬山，总有放牧的藏族阿妈给我们递上热腾腾的酥油茶，还有那酥香的油饼。我感觉是那样的亲近，感觉西藏就是我的家乡。

每次，旺久坚参带我到大昭寺广场，总会带我去看唐蕃会盟碑，我们总要在碑前伫立许久，这好似藏汉团结的见证，又好似我和他友谊天长地久的见证。

面对碑文记载，我的头脑中出现了一幅恢弘的画卷——众多的汉、藏群众行走于唐蕃古道。文成公主入藏，带去了大批金玉绸帛、手工艺品、医学著作和蔬菜种子，言传身教帮助藏族人民垦田种植；松赞干布仰慕唐朝文化，选送许多贵族子弟去长安，学习汉语和诗书，接受汉文化和先进生产技术；中原腹地不少有识之士，也受聘入藏为官。

后来，唐太宗还根据文成公主的请求，挑选一批养蚕缫丝、造纸制墨和酿酒等能工巧匠入藏传授生产技艺，发展藏族经济，改善藏族人民生活。松赞干布和文成公主为传播汉藏友谊、发展吐蕃经济文化、加强吐蕃与唐朝的友好联系，立下了汗马功劳，受到汉族、藏族人民的崇敬和爱戴，从古至今被传为佳话。

1951 年西藏和平解放后，特别是西藏实行民族区域自治制度以来，百万农奴在政治上翻身得解放，藏族人民真正当家做了主人。西藏人民终于在政府的正确领导下，以主人翁的姿态积极参与国家和地方事务管理，充分行使宪法和法律赋予的自治权力，积极投身于西藏的现代化建设，实现了西藏社会的跨越式发展，深刻改变了西藏贫穷落后的面貌，大大提高了自身的物质文化生活和政治生活的水平。

今天，西藏人民生活的富裕、安康，和祖国的繁荣富强是分不开的，和祖国的支援是分不开的。改革开放以来，中央先后召开五次（截至 2016 年，已召开六次，编者注）西藏工作座谈会，就西藏的经济社会发展面临的突出问题，制定了一系列特殊的优惠政策和措施，实行了既不同于汉族地区又有别于其他少数民族地区的休养生息、放开搞活、改革开放的经济政策，更提出"中央关心西藏、全国支援西藏"，举全国之力援助西藏，为西藏在新世纪实现跨越式发展和长治久安提供了有力保证，让西藏在经济、政治、文化、科技、教育、卫生等方面呈现出了跨越式发展的良好态势。没有祖国的繁荣，就没有西藏的繁荣。

在我国这样统一的多民族国度，各个民族之间常常是你中有我，我中有你。如今的青藏高原，藏汉之间、军民之间情深似海，藏族、汉族、回族、门巴族和珞巴族等各民族和睦相处，正如藏族谚语所说："相亲相爱，犹如茶与盐巴；汉藏团结，犹如茶与盐巴。"酥油茶里若无茶，则称不上是酥油茶；酥油茶里若无盐，则会饮之无味。谚语是劳动人民智慧的结晶，这一谚语用在今日，亦有深刻的寓意和道理。

　　拉萨的西藏人民会堂大门前，矗立着 2001 年 7 月在西藏和平解放 50 周年时中央人民政府赠送给自治区的"民族团结宝鼎"，记录了西藏的重大历史性事件。它象征着西藏在中国共产党领导下的社会主义祖国大家庭中，民族团结，各项事业鼎盛发展。

　　旺久坚参把我带出校园的狭小世界，去领略窗外西藏的美丽风景，我要珍惜这些难得的机会，走进西藏的家，更好地了解西藏家庭的生活，了解西藏的风土人情。同时通过心与心的交流，慢慢加深与藏族亲人之间的牵绊，心怀感恩，珍惜友谊，用一颗纯朴、善良的心诠释藏汉最真挚的友谊！因为有爱，雪域从此不再遥远，你们的大爱无疆，温暖了远行求学的我；你们的真情援助，谱写了藏汉一家亲的新篇章。

　　千年的雪山绽放笑容，千年的呼唤穿越时空，人心上架起一道最美的彩虹，藏汉民族血脉永相连。

　　我爱我的第二故乡——西藏。

本文作者：赵崎帆

原载：西藏日报（2014 年 2 月 23 日）

木板上的借条曾在土墙里封存70多年

2016年10月14日中午，松潘县毛尔盖上八寨乡克藏村，80岁的仁青卓玛坐在火炉旁，高原上的阳光透过窗户照在她手里的木板上。

乍一看，这是一块再普通不过的木板：长约1米、宽约20厘米、厚1厘米，上面的纹路和色泽表明，它有些年头了。

细一看，这不是一块普通的木板，而是一张写在木板上的借条，记载了81年前红军与当地藏族同胞的一段故事。

仁青卓玛手拿"木板借条"（田为／摄）

81年过去，木板上的字迹仍清晰可见，顶部是三个横排的繁体字"割麦证"，下方小楷竖排写了6行文字，主要内容为——老庚：我们在这坵田内割青稞1000斤，我们自己吃了，这块木牌可作为我们购买青稞的凭证，你们归来后可凭此木板向任何红军部队或者苏维埃政府兑换你们需要的东西，未曾兑得需要好好保存这块木牌子。前敌总政治部，麦田第××号。

据史料记载，1935年7月，红军陆续到达松潘毛尔盖一带。由于几个月征战，连翻几座大雪山，部队十分疲劳，粮食供给也十分困难。中央决定在毛尔盖休整，筹集粮食后继续北上。木板借条见证了这段历史。据统计，红军长征时在阿坝州境内先后筹集粮食500万公斤以上，除了青稞和牦牛，一些人甚至将来年的种子都贡献出来。

在毛尔盖一带，这样的木板借条当年原本不少，但因当地牧民大多不识汉字，一些借条被当柴火烧了。

仁青卓玛家的借条为何能够保存下来？原来，红军走后第二年，她家盖房子缺木板，无意间将这借条当木板嵌进土墙，三年前翻修时，这张借条才重见天日。

目前在毛尔盖一带发现的木板借条只有两块，另一块被位于川主寺的红军长征纪念碑碑园收藏。

有人曾出高价想买仁青卓玛家这张借条，她想都没想就拒绝了。她和儿子都说，这是历史，不卖。仁青卓玛一家也从没打算向党和政府"讨债"。她说："新修的房子又宽又大，水泥路修到家门口，家里养了30多只羊，还种了一大片青稞。红军当年借的青稞，早就还清了。"

本文作者：（川报全媒体集群直播长征路报道组）黄大海

记者：阮长安　徐中成　雷健　田为

原载：四川日报（2016年10月25日）

"当代文成公主"的大爱孝道

美丽的加查

在西藏东南部雅鲁藏布江中游，有一个叫"加查"的地方，平均海拔 3000 米，是山南市 12 个县（区）中海拔最低、气候最好的一个。江水穿城而过，将这个美丽的小城分为南北两岸。加查在藏语中意为"汉盐"，相传文成公主经过此地遗落了一块盐，加查因此而得名。

在这样一个美丽的地方，流传着一位当代"文成公主"的故事，故事的主人公是加查县人民检察院副检察长揣丽颖。2003 年，揣丽颖怀揣着对雪域高原的向往，到交通极为不便的山南市加查县检察院做了一名基层检察官，这一干就是 13 年。

群众的质朴善良、美丽的一山一水，深深地吸引了她，冥冥之中揣丽颖对西藏的感情更加深厚。从学历史开始就对文成公主入藏加强藏汉团结故事颇为敬佩的揣丽颖一直有一个梦想，那就是成为像文成公主那样博爱的女人。

2009 年，她认识了爱人尼玛次仁，两人一见钟情，从小乖巧听话的揣丽颖却不顾家人、亲戚朋友的反对，义无反顾地嫁给了尼玛次仁，真正地成为了"当代文成公主"，从此，她担负起照顾藏汉双亲老人的重担。

结婚 7 年，春去秋回，寒来暑往，揣丽颖在日复一日的平凡中高扬起道德风帆，她用自己的行动践行着"孝道"的传统美德。

结婚不久，揣丽颖遇到了从未经历过的难题。揣丽颖的爱人尼玛次仁老家位于平均海拔 4000 多米的崔久乡一村。由于藏汉差异、语言不通、生活习惯的不同，藏族阿爸、阿妈看着这个汉族儿媳充满着对未来生活的疑惑。当牧民们简陋的房屋、陌生的语言呈现在她眼前，她也曾怀疑自己的选择，也曾想过退缩，也曾彷徨犹豫，但她看到藏族阿爸、阿妈还有"莫拉"（奶奶）给予她的微笑，她攥紧了拳头，下定了信念，"鸦知反哺、羊知跪乳，我一定可以的！"揣丽颖打消了内心顾虑。

为了照顾好公婆亲人，揣丽颖开始学习藏语，了解藏族的生活习惯，尊重他们的宗教信仰，学习藏餐烹饪技术，为的只是好好尽到一个妻子、儿媳的责任。

70 多岁的莫拉（奶奶）次仁央宗每每谈到揣丽颖，都激动得眼含泪水，亲切地称她阿佳小丽。结婚 7 年，揣丽颖夫妻聚少离多，照顾年迈的奶奶的重担就落在了揣丽颖的肩上。工作之余，下乡期间，她经常接奶奶到她的宿舍居住，揣丽颖至今仍清晰地记得一件事情，令她难忘。那是第一次接奶奶到家里住的晚上，奶奶迟迟不肯上床休息，她百思不得其解，两个人用尽所学的藏汉双语还不停用肢体比划后，揣丽颖终于明白奶奶是因为自己长期不洗澡，有脚臭，怕弄脏揣丽颖新婚的床单、被褥。面对奶奶的惶恐，她二话不说，打来洗脚水，蹲在奶奶面前，给奶奶洗起了脚，并用她不太标准的藏语关切地询问着。洗着洗着，奶奶没了话音，她抬头一看，才发现奶奶在用衣袖擦拭眼中的泪水。这在她的婚姻生活中都是再平常不过的生活日常了，在爱人的家乡崔久，那里却传唱着她孝老爱亲的永恒旋律。

"亲人""亲情"，四个大字，看似简单，却在揣丽颖的身上成为生命中最珍贵的体现。每年加查县城举行活动，崔久的亲戚来县城游玩，她都会邀请他们入住自己不太宽敞的宿舍。牧民很少沐浴，身上难免有些味道，可她从不嫌弃，每每亲自下厨，为他们准备丰盛的饭菜。语言从未成为她与亲人们沟通的障碍，真诚的付出让她收获更多的是亲情。

爱人每一次回到加查，她总是放弃夫妻短暂的相聚，提出去崔久看望奶奶和亲戚们。在崔久老家，亲戚们总爱围着她上下打量，嘘寒问暖，临走时，各家都拿出牧民家中最好吃的争相带给他们心中的"文成公主"阿佳小丽。爱人在亲戚们的口中得知她这些年的艰辛付出，深深感动，抱着她说："谢谢你，老婆，谢谢你对我家人的付出。"

谁言寸草心，报得三春晖。揣丽颖回河北家中休产假期间，爱人一通电话让她坐立不安。公公患上了肝癌晚期，想见刚刚出生的孙女，可自己的父亲也因身患下肢动脉硬化闭塞，身体状态每况愈下。如何取舍，让她陷入了两难境地。"闺女，快回去吧，你爸这儿有我呢。"母亲对她说。临行前晚，她像往常一样给父亲擦脸、洗脚，做腿部按摩，望着父亲苍老的面容和不足百斤的身体，她跑出房间，蹲在院子里抱头痛哭起来。她满怀着愧疚，红肿着眼睛，怀抱刚刚满月的女儿登上了返藏的航班。因公公不知道自己的病情，亲人们编织着善意的谎言，回到拉萨，她挤出笑容，抱着宝宝直奔公公身边，笑着打趣说："爸爸，宝宝外婆嫌宝宝老是哭闹，把我们娘俩赶回来了，您可别嫌弃您的孙女哦！"公公边抱过孙女边说："怎么会，怎么会，这下有人陪爷爷玩喽。"

肝癌晚期的病人饮食格外挑剔，既要清淡又要保证营养，为让公公开胃口，她想尽办法一日三餐不重样，大半年的时间，她翻阅无数书籍，浏览大量网页，练就一手好厨艺。家里的卫生收拾得干干净净，每天都要给公公翻身子、换被褥、喂药、喂水，护理按摩，还心平气和地和公公谈心拉家常，说说小孙女一些有趣的小故事逗公公开心，减轻公公的痛苦。

产假休满后，揣丽颖又回到了工作岗位，可她心里一直牵挂着公公的病情，经常打电话回家询问，让公公宽心。她心疼婆婆和爱人，只要一回拉萨家中，晚上坚持看护公公。单位领导得知她的情况后，特准她工作时间兼顾宝宝。面对领导的信任与支持，她未曾放松过工作，回到县里，她更加勤奋工作，兢兢业业，案件办理依然严谨，件件都是精品案件。材料写作篇篇都是院内范文，省级刊物多次转载。而也正是在这时，她代表院里参加了山南地区首届公诉控辩赛，荣获了最佳辩手第一名的好成绩。其扎实的理论功底及雄辩的口才在山南检察系统名噪一时，并被山南检察分院授予"嘉奖"一次。

当接到爱人的电话，揣丽颖带着孩子连夜颠簸赶到医院。望着平日里疼爱她的"阿爸"，她失声痛哭起来。公公过世后，她严守藏族礼仪，为公公送终，对酥油过敏的她，却一直默默地守坐在酥油灯前，不停地擦拭着，祈福着。因过度疲劳和悲伤，她晕倒了，急坏了婆婆，急坏了爱人。这一家人相亲相爱，互相体谅的良好的家庭氛围，成为拉萨市娘热路汽车五队院内的典范，口口相传。

福无双至，祸不单行。公公过世后不久，她又接到妈妈的电话。

电话那头低沉的声音，让她心里咯噔一下。"你爸爸病重了。"妈妈在电话那头哽咽着。"不会的，不会的，爸爸不会有事的，一定要等着我，我还没给您尽孝呢。"揣丽颖痛苦地低吟。接连的打击让她瘦得不成人形，似乎在她身上再也看不到力量一词。可是心中亲情的力量却汹涌着，亲情的眷顾，父爱的坚挺，当她双眼噙满泪水，亲吻父亲的额头时，昏迷多日的父亲竟喊出了她的乳名，甚至努力地伸手要去抚摸他最最疼爱的女儿。

亲情的伟大确能创造奇迹，爸爸醒过来了。面对此情此景，全家人喜极而泣。可看到父亲因长期下肢血液不流通，背部及下肢大面积溃烂，揣丽颖揪心地疼痛，看着随时都在渗出脓水的伤口，她一直守在父亲床边，为父亲翻身、清创、涂药，从未卧床睡过一个晚上，时刻握紧父亲的手，生怕父亲离她而去。可就这样，在她照顾父亲十几天后，父亲还是走了。

揣丽颖，这个藏族媳妇的汉家女子大爱孝道的故事，犹如文成公主与松赞干布的民族团结感人故事一样，在雅砻大地口口称颂，延绵传扬。

本文记者：李文健

文字原载：中国西藏新闻网（2016 年 6 月 9 日）

罗加扎特：28年赡养非亲非故汉族老人

罗加扎特和张文涠

罗加扎特是青海湖农场一名再普通不过的藏族职工，但这个并没有什么轰轰烈烈事迹的汉子，却是青海湖畔人人竖大拇指称赞的好人。他用28年时光赡养一位非亲非故汉族老人的故事被传为佳话。

这位汉族老人名叫张文涠，是河南中牟县人。1960年来青海湖农场劳动改造，1964年新生后，带着3000元的一次性安置费，满怀希望回到生他养他的故乡，憧憬着未来的幸福生活。当时的张文涠40多岁。然而事不遂人愿，他回到日夜思念的家乡，情况却发生了很大变化，父母双亡，祖上留下的老宅内杂草丛生，房屋东倒西歪、破烂不堪。唯一可投靠的姐姐已远嫁他乡，家庭条件也十分窘迫，根本无力帮扶他。眼前的情景让张文涠极度绝望，再回青海的念头涌上心头。

于是，他抵当了宅院，凑够路费，再次来到了青海湖农场。这里虽然没有亲人，但还有熟悉的面孔；虽然没有固定收入，但给人家帮一天忙也能混个一日三餐，总归还能勉强度日。此时的张文澜已经50多岁。

"我们吃啥，你吃啥"

张文澜再次来到青海湖农场，住在一个废弃的窑洞里。他经常来到罗加扎特家和罗加扎特的父亲拉家常。罗加扎特的母亲总会端来糌粑、奶茶、馍馍。到罗加扎特家串门，已成为张文澜老汉的精神寄托。

1984年秋收时节。有一天，罗加扎特一家吃饭时，谈起好几天未见张文澜老汉的身影，罗加扎特连忙骑马赶到张老汉住的窑洞，只见窑洞门口一片狼藉，好像几天没有动烟火的样子。他下马径直钻入窑洞，眼前的景象让他一阵心痛：张老汉脸色苍白，双目紧闭，鼻孔中只有一丝微弱的呼吸。他疾速赶回家套上马车，把老汉接回家中，请医生给张老汉打针吃药。

张老汉因重感冒几天没吃饭，加上未及时治疗，引发肺部感染。医生说，幸亏发现及时，否则危及生命。经过全家人精心照料，老人的病一天天好了起来。老人千恩万谢这家藏族朋友后，要回自己的破窑洞，不想拖累他们。此时，罗加扎特的心情非常沉重："年过花甲的老人回去后再生病怎么办？老人跟前不能没有人啊。"

罗加扎特看到张老汉虚弱的身体，想到破败不堪的窑洞，便有了把老汉留在家里的想法。于是他便征求父母和妻子的意见。

其实，罗加扎特家境很困难。有四个弟弟未成年，其中一个终生残疾，年迈久病的父母和已有身孕的妻子，只靠着父亲130元和他60元的工资生活，弟弟们好几年都添置不了一件新衣服，常常是老大穿了给老二，老二穿烂了再缝缝补补给老三穿。

行善积德一生的父母理解儿子："把老汉留下来吧，阿爸支持你。"征得全家人的同意后，罗加扎特对张老汉说："老汉，就住我们家吧，我们吃啥，你就吃啥，这么好的社会吃一碗饭穷不了。"一句朴实诚恳的话感动得老人流下了热泪。

"这里才是我的家"

罗加扎特专门给张老汉缝制了一顶牛毛帐房，并从微薄的收入中挤出钱给老人买来新衣服，换洗了被褥，置办了生活用品。邀请同事、朋友、亲戚举行了一个简单的仪式，从这天起，张老汉就成了罗加扎特家中的一员。罗加扎特一家人经常围在他身边说笑，使他感受到了家的温暖，这个其乐融融的特殊家庭在青海湖畔和谐、幸福、快乐地生活着。

罗加扎特一家收养汉族老汉的事迹像草原上的风一样，迅速传遍了青海湖农场，也引来了许多议论。了解他们的人说张文涠老人有福气。也有人说张文涠有一部分积蓄，他们一家人看到的是那点钱。罗加扎特听到后微微一笑并不作解释。但为了避免太多误会他把单位领导请到自己家，清点了老人的财物，形成一个文字性的东西：一床被褥、一口铁锅，还有一些简单的生活用品，这就是张文涠老人的全部财产。

二十多年来，问寒问暖、求医问药，像对待亲生父母一样无微不至地照顾着老人，把老人的幸福当作自己的幸福，尽量让老人吃好、住好。1999 年，农历三月十二日，罗加扎特给老汉缝制了新衣服，订了生日蛋糕，和亲朋好友为老人过生日。罗加扎特说："老汉的身体一年不如一年，真不知还能过几个生日。在他有生之年我要为他过好每一个生日。"张老汉激动地说："没有扎特这一家我恐怕早不在人世了，这里才是我的家。"

　　作为一名共产党员，罗加扎特坚定不移地维护国家统一和民族团结，在工作之余，常常骑着摩托车，深入农场周边牧户家中，宣传退耕还林政策、宣传民族团结进步政策，调解身边的矛盾纠纷，用他的人格魅力、精神力量，推动着农场的民族团结、经济发展，成了青海湖农场乃至全州民族团结进步的一面旗帜，先后荣获全国第三届道德模范提名奖、青海省创建民族团结进步先进区先进个人等多项荣誉。

　　　　　　　　原载：人民网—青海频道（2015年9月2日）
　　　　　　　　原标题："记海北州道德模范罗加扎特"

"马背上的吉祥使者"——记甘南独立骑兵连扎根高原维护民族团结纪实

2013年年底,甘肃省军区甘南独立骑兵连上士张志勇退伍回乡时,41岁的扎西裹着皮袄,带领20多名牧民快马加鞭连夜赶了80多公里山路来到合作市,含着泪请求甘南军分区领导把张志勇留下。他们动情地说,"金珠玛米"给咱牧民做的好事,就像草原上的格桑花,数也数不清。

在甘南独立骑兵连,像张志勇这样赢得藏族群众留恋的官兵一拨又一拨。连队组建65年来,一代代官兵扎根雪域高原,情系藏族群众,用大爱演绎了藏汉一家似海深情,铸起了一座民族团结的时代丰碑,被当地群众称誉为马背上的"吉祥使者"。连队先后40多次被中宣部、解放军总政治部、兰州军区等表彰为"民族团结先进集体""军民共建社会主义精神文明先进单位""学雷锋先进集体"等，3次荣立三等功。

坚守高原 65 年，用赤胆忠诚把党的声音传遍牧区毡房

2013 年 1 月，一场瑞雪让甘南草原装银装素裹起来。在茫茫雪域高原，骑兵连一支支宣讲小分队顶风冒雪翻山越岭，深入牧区毡房、草原村落宣讲党的十八大精神。

"没想到下这么大的雪，天气这么寒冷，你们还赶来给咱们宣讲党的好政策，真是菩萨心肠啊！"迭部县电尕镇拉路村村支书加保握住副连长宋修宇的手激动地说。得知骑兵连的官兵来宣讲十八大精神，村里 300 余名牧民显得格外兴奋。一大早，他们骑着摩托车和骏马，来认真听取官兵的宣讲辅导，会场不时传出阵阵掌声和喝彩声。

党的十八大胜利闭幕后，连队组织 36 名精通藏汉双语的理论骨干，兵分 6 路深入乡镇、学校、牧点，发放理论要点双语宣传单，举办"看辉煌成就、强发展信心"图片展，大力宣传党的十八大精神，引导群众了解政策、增强信心。

宣讲小分队还以"加强民族团结、共建美好家园"为主题，组织牧民开展讨论，牧民们联系党的好政策，结合藏区的发展变化，畅所欲言，描绘各自的发展梦想。宣讲小分队以饱满的政治热情和灵活多样的形式，一一解答牧民提出的问题，把党的声音传达到一个个草山毡房。

像宣传党的十八大精神一样，每逢党和国家重大路线方针政策出台，连队就第一时间派出宣讲小分队深入藏族群众中开展宣讲活动。2013 年 12 月，一支宣讲十八届三中全会精神的小分队，在前往卓尼县途中，途经 36 个牧民居住点，他们走进毡房，与牧民拉家常，一起干农活，送上宣讲资料。

沙冒后村地处海拔 3700 米的岷山深处，距县城 60 多公里，不通公路。最后一站下车后，宣讲小分队拖着疲惫的身体，又步行两个多小时到达村里。刚一落脚，便在村委会活动室与群众一道学报告、谈感受、话未来。一路同行的向导、牧民旦正说："山高挡不住，路远腿更勤。'金珠玛米'走到哪里，就把党的声音传播到哪里。"

把党的声音送到牧场草山、学堂寺院、社区村寨，他们坚持做到"四个必去"：最偏远的牧区必去，最艰苦的牧点必去，人员最多的村社必去，僧侣活动最多的乡镇必去。

夏河县一名藏族青年，因参与聚众闹事腰部受伤。连队知道后，专门派医疗小分队来到他家里，一边给他免费治疗，一边宣讲民族政策，引导他认清事情真相。半个多月后，这名青年病情好转，思想也跟着转变了。他懊悔地说："我一时糊涂，听信谣言犯了大错，可你们没有嫌弃我，以后我听'金珠玛米'的，再也不干蠢事了。"

"宣讲党的声音，需要带着感情"，排长忠格才让感受颇深。他和战友们到桑科草原宣讲时，只要遇到放牧的藏族群众，就会主动上前嘘寒问暖，拉近彼此的距离。

其实，忠格才让的家就在连队附近。西藏和平解放前，他家祖祖辈辈都是农奴。"金珠玛米"的到来，给他家带来了房子、草场和土地，让幸福生活的阳光照进这个饱受苦难的家庭。前年，他大学毕业毅然走进了军营，以此回报党的恩情。

忠格才让带领宣讲小分队，深入各牧点向广大牧民传播党的声音。宣讲中，他每到一个点位，都把分散的牧民召集在一起，用流利的藏汉语言宣讲富民政策、法律知识等，深受驻地群众的欢迎。

为了能使牧民实实在在感受到党的亲切关怀和驻地发展变化，他还现身说法，主动讲述自己的家事身世，从修路讲到退牧还草，从住地窝子讲到牧民定居工程建设，从新农村建设讲到建设小康社会，场场让牧民们听得热血沸腾，信心十足。一次宣讲结束后，一位藏族长者流着眼泪拍着他的肩膀说："尕娃讲得在理，越听心里越亮堂啊！"

"不是一股歪风就能吹散民族团结，不是一场冰雹就能毁掉整个草原……"2013年2月10日，骑兵连与合作师范学院共同组织的"高举民族大团结旗帜、共建我们的美好家园"军地青年宣誓会上，中士成强生的宣讲，引起在场各族青年热烈的掌声。

点亮一盏灯，照亮一大片。在连队官兵的感召下，合作市的4所大中专院校的许多大学生纷纷加入，争当创新理论的讲解员、民族团结的宣传员。藏族学生扎西撰写的《党的阳光照耀我成长》的心得，通过讲述成长经历、藏区经济发展等，教育藏族同胞要时刻怀有一颗感谢党、感谢祖国、热爱社会主义的"感恩的心"。

坚守高原传播党的声音，官兵赤胆忠诚发出的时代强音，就是雪域高原的"好声音"。5年间，连队宣讲小分队先后行程2万多公里，跨越7县1市，翻越13个草山，走进300多个牧点，宣讲70余场（次），听众达2万多人（次）。

向牧民宣传党的民族宗教政策（安胜明／摄）

出色完成 200 余次救援任务，用铁骨柔情架起藏汉"连心桥"

甘南藏族自治州地处青藏高原腹地，平均海拔 3000 多米，全年寒季近 9 个月，大雪、干旱等自然灾害频繁。每当灾难发生时，驻守在合作市的骑兵连总是扬鞭策马，挺身而出抢险救灾。

2012 年 2 月，玛曲县境内发生历史罕见的雪灾，积雪达 1 米多厚，致 5200 余人受灾，6600 余头（只）牲畜冻饿死亡。接到上级火速奔赴灾区救援命令后，骑兵连立即成立一个排的突击队，在狂吼的暴风雪中驰援灾区。

齐哈玛乡受灾最为严重，前往该乡要翻越海拔 4200 多米的一座山头。高原山路被风雪盖得严严实实，官兵们在齐腰深的雪原上挺进，分不清哪里是崖、哪里是路，一不小心就会有坠入山谷的危险，官兵们只好顺着电线杆延伸的方向吃力地前行。他们饿了啃方便面充饥，渴了就抓一把雪塞进嘴里，整整走了一天一夜才到达齐哈玛乡，绝望中的牧民群众看到救援官兵来了，激动得流下热泪。

大雪纷飞，救援突击队顾不上路途劳累，全力展开搜救。当得知六台村牧民点有 3 户群众失踪的消息后，官兵们带着棉被、大衣、方便面火速营救。山路陡峭，冰冻路滑，车辆无法通行，官兵们就把车上的急需物资背在身上，踩着厚厚的积雪艰难爬行。夜深了，气温降至零下 30 多摄氏度，大家冻得全身麻木，但没有一人退缩。他们终于在一处山窝里寻找到被大雪困了两天一夜、生命奄奄一息的 13 名藏族同胞。此时，官兵们的身体已严重透支，累得实在迈不开步子，就一个个奋不顾身地滚下山坡，扒开积雪，将被雪埋了大半个身子的藏族群众全部救出。

经过 15 天救援，连队转移安置群众 800 多人，解救被困牛羊 1500 多头（只），运送草料 100 多吨。这次灾害，灾区没有出现一名牧民伤亡。

骑兵连的官兵时刻把藏族同胞的安危挂在心上，随时准备为保护人民群众生命财产安全献出自己的一切。2010年8月7日，舟曲发生特大山洪泥石流灾害。骑兵连随即启动抢险救灾预案。次日拂晓，80余名官兵、10余台车辆第一时间抵达灾区。

"我们多承受一份危险，群众就多一份安全。"县卫生学校的一栋4层楼被泥石流冲倒，楼内时不时传来群众的呼救声。一班长赵飞找来一架梯子，用电线将梯子绑住吊在两楼之间，带着5名党员突击队员顺利爬进楼内。他看到两位60多岁的老人带着4岁多的孙子，缩在房屋内，3人都受了伤，突击队员将他们一一救出。接着，他们又开始在整栋楼内挨家挨户进行搜救。

班长赵飞家就住在舟曲县城，灾难发生后，他和家人一直联系不上，心急如焚。随连队到达灾区后，他立刻投入到紧张的救援工作中。直到第三天下午，他正在清理街道淤泥，一名邻居告诉他：家里的房屋被泥石流冲倒了，亲人生死未卜。赵飞的心更加提到了嗓门眼，内心在不停地呼喊：爸爸妈妈，你们在哪里啊！儿子不孝，你们要保重啊！

直到部队撤离的前一天，他才在一处居民安置点的帐篷里找到了父母。见到自己的亲人，赵飞眼泪禁不住夺眶而出，扑通一声跪在父母面前失声痛哭。

在舟曲奋战20个日夜，骑兵连官兵从废墟中搜救幸存者87人，转运伤病员120人，清理受损房屋100余间，搭建帐篷190余顶。

2013年，一个夏夜，桑科草原上怀有身孕的德吉卓玛突然感到腹部剧烈疼痛，丈夫顿珠急得团团转。情急之下，顿珠想到了正在附近放青的骑兵连官兵。

"早产先兆，赶快去卫生院！"军医韩飞迅速采取紧急救助措施，当机立断和战士们一起护送德吉卓玛到乡卫生院。

产妇大出血急需输血，乡卫生院医生心急如焚！怎么办？在藏族同胞生与死的危急关头，连指导员韩东强带领 6 名血型吻合的官兵，跃上马背直奔乡卫生院。6 名战士鲜红的血液流进了藏族同胞的血管，孕妇得救了，婴儿得救了，官兵们悄悄地退出了病房。下士刘坤说，全连官兵先后 68 次义务为藏族群众献过血。

甘南高原的藏胞，最清楚血液的珍贵。这里空气中的含氧量仅占平原地区的 60%，献血意味着身体供氧将更加不足。每当遇到藏族同胞需要输血，骑兵连官兵就毫不犹豫地伸出了胳膊。他们和藏胞虽无血缘关系，却真正是血脉相连。

2013 年年初，下士张彦维在焊接马厩时，眼睛被电弧光刺伤，眼里布满了血丝，一睁眼就会流泪不止。张彦维的眼伤牵动着藏族同胞的心。"我有个土法子，可以治好尕娃这个病。"第二天一大早，住在附近的索南草就带着她 24 岁的儿媳尕卓玛来到连队。尕卓玛刚生完孩子，正是哺乳期，索南草打算用儿媳的乳汁给张彦维治病。尕卓玛带着体温的奶水滴进张彦维的双眼。经过连续 3 天的治疗，张彦维的眼睛慢慢地睁开了。

合作市敬老院 78 岁的藏族老人更松才让说，他曾遭遇过多次洪水、雪灾和急重病，次次都是子弟兵救了他的命。近 5 年来，连队参加 13 次抢险救灾，抢救藏族同胞 2800 余名，挽回经济损失 6000 多万元。

主动化解 10 余起草山纠纷，用满腔热血时刻守护草原的和谐安宁

2010 年 9 月，甘南尕海草原，天高云淡，牛羊满坡。突然，一声惊雷，尕海牧场千余头受惊吓的牛羊越过草山，进入另一牧区。这里的 10 多名牧民和尕海牧场牧工对峙起来，互不相让，一场械斗即将发

生。在不远处放牧军马的骑兵连官兵嗅出了紧张气氛。时任指导员谢青云跃上马背，快马加鞭飞驰而来。等他赶到，一名牧工已头破血流，提着马刀怒目而视，准备追杀。

"住手，放下马刀！"在这千钧一发之际，谢青云大吼一声，跃下马背，夺过马刀。双方一看来了解放军都愣了，大家的目光齐刷刷地聚焦在谢青云身上。

"乡亲们，我们都是同胞，同在一片草原上长大，同胞怎么能出手伤同胞呢？"谢青云反复给大家讲述法律知识和政策。有一个老乡认出他是骑兵连的解放军，就对大伙说："他为咱们做了不少好事，说得也有理，听他的！"

骑兵风彩（郭军／摄）

后来，谢青云又把有关方面召集在一起达成协议，重归于好，打人的牧民还主动认错，专门到医院看望受伤的牧工，并交了医药费。

官兵处理草山纠纷有板有眼，靠的是连队扎实有效的民族政策学习教育。他们先后编写了《民族团结守则12条》《民族知识手册》《藏族语言学习基础》等教材资料，人手一册，定期组织学习。

玛曲县格萨尔金矿是县经济支柱企业，矿厂内存有一批挖矿所需的雷管、炸药和化学品。有一次，县领导要求县人武部协调骑兵连官兵守卫金矿。接到命令后，骑兵连原连长孙昕和5名士官中止休假，连夜返回连队，研究制定应急安保方案。

在执行任务的25天内，26名官兵们昼夜保持高度警惕，在矿区四周24小时巡逻执勤，没有放过任何蛛丝马迹和可疑人员。在连队官兵的严密防范下，不法分子未能轻举妄动。骑兵连官兵接到命令回撤时，当地群众自发来到公路两旁，给官兵们献上一条条洁白的哈达。

甘南军分区政委夏杨林告诉记者，新中国成立后，这支历史悠久、战功卓越的英雄连队，先后多次参加剿匪、平叛等任务，为藏区社会稳定做出了重要贡献。

一年初春，上级通报一伙不法分子欲对合作市自来水厂进行破坏，妄图制造社会混乱。掌握情况后，执勤官兵及时向上级汇报，紧盯这伙人的一举一动，最终在公安人员的配合下将 6 名不法分子抓捕。

一次，不法分子裹挟群众，准备到合作市区闹事。骑兵连获悉后，时任连长王卫东带领官兵把群众堵在途中，苦口婆心地做群众工作，反复用党的民族宗教政策教育和说服群众。不法分子眼看事情即将败露，提着砍刀冲向最前面的代理排长黄杰："你们坏了我们的事，今天就要分个你死我活！"黄排长严厉呵斥："军人生来不怕死，谁敢在这里闹事，我们就将谁绳之以法。"不法分子见群众没有响应，就灰溜溜地逃走了。

关键时刻挺身而出，群众方能安宁。有一段时间，骑兵连驻地社会治安较差，经常发生牧民牛羊被盗的现象。当地政府在境内 300 公里的沿路主要干道，开展了军警民联合创建文明线、安全线、致富线活动，连队官兵积极响应，配合公安干警，利用放牧时机，宣传法制，维护治安。

一天晚上，骑兵连官兵接到治安联防队通报：5 名不法分子在桑科草原公路拦截一辆卡车，抢走了 42 头牛羊，可能会经过科才乡。连长丰淑福立即带领 13 名战士，骑行 20 多公里，在科才乡公路交叉处设伏。凌晨 2 点，不法分子逃到此处，官兵大声勒令停车，卡车却加大油门冲了过去，官兵们跃上马背奋力追赶了两公里路，终于将 5 名不法分子抓获，并收缴了被抢牛羊。

戍守雪域高原，呵护藏乡安宁。近年来，连队官兵先后妥善处理草山纠纷 10 余起，配合公安机关抓获不法分子 30 多人，劝返聚众闹事事件 8 起，执行"香浪节""香巴拉旅游节"等安保任务 40 多次。

扎实推进 25 项爱民工程，用博大胸怀将爱传递到藏区千家万户

"是谁帮咱们修公路？是谁帮咱们架桥梁？是咱亲人解放军，是那救星共产党……"在辽阔的甘南草原，经常会听到藏族群众饱含深情地唱着这首脍炙人口的歌，那是牧民们唱给亲人解放军的心声。

针对一些地方群众吃水难、行路难、看病难的问题，连队官兵积极帮助群众发展经济，改善生活条件，尽己所能为藏族群众办实事做好事，把党的温暖送到藏族同胞心坎上。

2011 年年初，甘南军分区在玛曲县齐哈玛乡、夏河县吉仓乡、舟曲县大峪乡修建 3 个人畜饮水工程，连队官兵主动请领任务。吉仓乡海拔 4200 米，有 40 余户牧民分散居住，干旱季节人畜饮水困难。为早日把水通到藏族同胞家中，连队官兵克服自然条件艰苦、高原缺氧的困难，扎起帐篷，自带干粮，打响了工程建设攻坚战。

施工中，连队官兵坚持每天 12 小时轮番作业，顶着烈日暴晒和冰雪飓风，全力以赴挖水渠、搬水泥、抬水管。由于缺氧，80 名官兵组成 3 个突击队，一拨接着一拨突击攻坚。官兵们冒着生命危险苦战两个月，终于将一股清泉引进吉仓乡和塘塞尔寺。通水那天，89 岁的索南草喝了一口清澈的泉水，咂了一下嘴，眼里禁不住流下了喜悦的泪水。她动情地说："苦熬了一辈子，有了这甘甜的泉水，今后的日子会比酥油茶还香甜。"

云布沟通往牙力吉乡仅有一条羊肠小道，每年一到雨季，原本浅浅的云布沟河水暴涨，附近的牧民根本无法通行。每年春暖花开在此放牧的骑兵连官兵看到这一情况后，决定在这里修一条 5 公里长的简易

公路，并在云布沟修建一座便民桥。

为藏族同胞修桥修路，官兵干劲十足。一班长罗兵力气大，当兵前曾在工地上参加过桥梁修建，他主动担当砸木桩的任务。云布沟沟底石头泥沙多，木桩很难砸进去，一天下来他双手就磨出了10多个血泡，夜间他悄悄用针把血泡挑破，手上贴满胶布，第二天戴上手套继续工作。

便民桥的主体是由5根80厘米粗的圆木组成，由于水急，圆木不能搭在对面桥墩上，战士们纷纷跳下河里，用肩膀扛，用胸膛顶，硬是把圆木一点一点移到对面。施工期间，每天都有闻讯赶来的牧民帮忙，有的把家里做的酥油、奶酪、牛羊肉等带来为战士充饥。便民桥修通后，附近牧区的群众穿着节日的盛装，纷纷来给官兵敬献哈达。他们说："以后娃娃上学再也不会让咱担心了。"

把温暖送到藏区，把爱心献给藏胞。近年来，连队先后参加兰西拉光缆、牧民暖水、兰郎公路建设和"保护母亲河行动"解放军示范林、基础设施建设等25项重点工程，涉及扶贫帮困、助学兴教、生态建设等，惠及数万群众。

群众有困难，骑兵连想方设法帮助解决。10多年前，当地有一个出了名的贫困村，山多草少，群众生活困难。驻地群众的贫困，骑兵连官兵看在眼里，急在心上，人人都在思考为群众脱贫致富做点事。逢年过节，连队经常给村民送去清油、面粉、被褥等生活用品，连队畜医还经常免费为他们的牛羊看病。可物资上的接济，只能为贫困牧民解决燃眉之急，只有帮助他们找到致富的门路，才能走向小康富裕的目标。

这里为何山多草少，主要是因为海拔高，牧民不会科学治理和使用草山，造成恶性循环。如果把草山治理好了，很适合发展养殖业。于是，连队官兵买来鼠药，在桑科草原帮助村里对3000多亩草山进行灭鼠，种草种树，改善生态环境。没有水，官兵们就一桶一桶往上挑，硬是在连队驻地附近的依毛梁栽种了 20 余万株沙棘树、松树。同时，连队官兵还挨家挨户地做工作，扶助牧民大力发展养殖业。

桑科乡牧民扎西顿珠没有想到，在自己草场上养小尾寒羊竟然发了家。那年夏天，他在骑兵连官兵的帮助下引进了 30 多只小尾寒羊在牧场上放养，并请技术人员指导，不断探索养殖经验。后来，在政府惠民政策扶持下，他逐步扩大了养殖规模，增添了先进设备，科学饲养，收益一年比一年好。10 多年来，连队接力培养扶持了 23 名创业致富带头人，辐射带动近千户牧民。如今，这些群众全部脱贫，家家盖起了楼房，新建了毡房，坐上了小轿车，日子过得红红火火。

连队官兵帮助藏族群众过上好日子，藏族群众用他们最朴素的方式回报子弟兵。2013 年 8 月 1 日，因工作需要先后两次推迟婚期的上士罗兵，在指导员韩东强的撮合下，打算在草原上给他举行一场特殊的婚礼。周围的牧民闻讯后，带着牛羊肉和青稞酒纷纷赶来，在草原上点起篝火，8 位藏族姑娘和小伙簇拥着新郎新娘，将一条条金黄色的哈达展现在新婚夫妇面前，将一碗碗青稞酒敬给连队官兵。官兵们喝着醇香的青稞酒，跳着欢快的锅庄，篝火映红了草原，美酒陶醉了心田，骑兵和藏族同胞的脸上挂满了甜蜜的笑容。

本文作者：黄晓成　赵效民　肖传金　郭干干

原载：每日甘肃网—甘肃日报（2014 年 3 月 5 日）

奋斗在北京的藏族青年故事

在北京,有这么一群从西藏来的藏族年轻人,他们肩负着斑斓的梦想,从遥远的西藏北漂来到这里。在首都,他们开始学习、生活、定居,逐渐融入了这个古老又现代的城市。

康琼卓玛:四合院里开藏语班,希望成为藏汉之间的桥梁

卓玛在展示书写藏文(姚茜 / 摄)

走进鼓楼大街附近铸钟胡同一个静谧的四合院,映入眼帘的便是高架上挂满的葡萄果实,而葡萄架下就是藏语班的课堂。

"在藏语里,称我这样的人是'半藏半汉'。我对这个称呼非常

自豪。"康琼卓玛笑着说。康琼卓玛，是四合院藏语班的创始人之一。

康琼卓玛，出生于 1992 年，对外经贸大学毕业生，父亲是四川康巴的藏族，母亲是汉族，自小在拉萨生活长大。2011 年夏天，通过高考，卓玛考上了对外经贸大学的国际经济法专业，从此与北京结下了不解之缘。

"曾经听人说过，当你出国的时候才发现自己非常爱国，当我离开西藏的时候我才发现自己离不开西藏。特别是我来到北京之后，对于西藏、藏族的认同感更加强烈，一种深深的自豪感油然而生。"卓玛动情地说。

据卓玛介绍，开设藏语班，就是想提供一个平台。藏语班的学生大部分都是对于藏学、藏文化感兴趣或者有研究的人。他们有的是藏传佛教的信徒、有的是以研究藏文化为职业、有的仅仅是对藏学有兴趣。有中国人，也有外国人。藏语班目前是小班教学，现在是第三期，学员 5 至 6 人。刚开始办第一期的时候，卓玛主要通过学校的老师和领导、身边的同学和朋友帮忙宣传，后来口口相传，主动来藏语班学习的人也就更多了。

卓玛在北京的经历非常丰富。在对外经贸大学的四年，拿过奖学金，发表过核心期刊论文，也曾作为优秀学生的代表赴香港中文大学学习，现在也办起了自己的第一家公司。

开办藏语班也并不如表面的光鲜。卓玛说，办藏语班也遇到很多困难，一是老师不固定，老师大部分是在校大学生或者是刚工作的，所以时间上很难固定；二是招生人数和宣传渠道受限制；三是市面上优质的藏学教材、图书缺乏，需要自己制定适合的教学大纲、改良教学方法。

卓玛希望可以将藏语班坚持办下去。"藏语是一种拼读文字，我依然记得第一期藏语班结业的时候，我们在民大边上的藏餐厅吃饭，一些学员看着菜单拼读出来的时候，我们的老师和学生都激动得哭了。印象很深。"卓玛选择毕业之后留在了北京，因为北京是个多元化的城市。现在，卓玛和朋友们一起建立了一个"藏地之窗"的公众号，希望以此建立连接藏地的桥梁。

达瓦次仁：从看《渴望》的向往到来北京定居

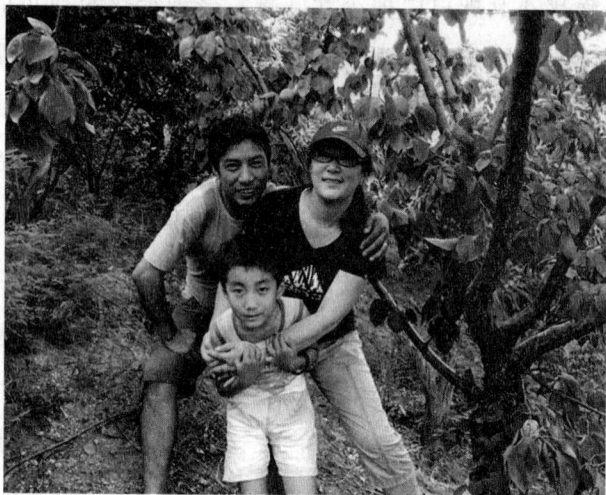

达瓦次仁与家人在一起（图片由达瓦次仁提供）

达瓦次仁，1977 年 7 月 1 日生，出生于日喀则亚东县堆纳乡古如村，西藏大学藏语言文学专业毕业，现供职于中央人民广播电台藏语频率。

"小时候，一部名叫《渴望》的电视剧让我印象深刻，天安门、故宫的画面让我非常向往。里面的主人公都住在暖烘烘的炕头，冬天在室内穿得很少，一种很温暖的感觉。那个时候，我就想来北京看一看。"2000 年 7 月，中国民族语文翻译局（中心）招聘，达瓦因此第一次离开西藏，来到了北京工作。

"如果不是因为正好遇到北京单位招聘，我可能就在西藏当一名藏文老师。"刚来北京的达瓦并不适应北京的生活。从一开始居住在单位提供的十几平米的房间到后来四处租房，北漂的生活并不容易。

和其他北漂族一样，达瓦在刚来北京的几年面临着头疼的租房问题。"我在北京的四角都居住过，香山、大兴、和平里、中关村……这些地方我都曾居住过。我记得当时租住在香山的时候，条件特别艰苦，旁边就是收废品的和种菜的农民，经常晚上休息不好。但是这样的经历也让我跟邻居都成为了朋友，认识了不少人。"

达瓦说，藏族小伙子在北京找对象不容易。刚来北京的时候，从西藏来北京的藏族姑娘特别少。正因为在北京的藏族年轻人比较少，他们很容易相互认识。自己平时喜欢踢足球，就加入了跟他一样从西藏来的藏族年轻人的"青年联队"，有空的时候会去参加足球联赛。这样一来，自己的交际圈也慢慢扩大了。

"刚来北京的时候，非常的寂寞，当时的通讯非常不方便，需要提前五天给乡里打电话，告诉哪天会给家里电话，然后家人在固定的时间来接电话。而现在家里已经装上了固定电话，通信十分的方便。"毕业到北京 15 年，家乡的变化也非常大。"1999 年的时候我曾经在山南地区实习过，回去时那边的变化太大了，我都不认识了，高楼大厦林立，一体化的购物商场也很多，生活很方便。"

"在北京的生活太方便了，网购、手机支付很常见，即使社区的小百货店也可以通过手机支付。我相信不久的将来西藏也会慢慢实现的。"达瓦说。

罗布扎西：藏医并不神秘，它是一门科学

罗布扎西，是中国藏学研究中心藏医药研究所一名研究员。扎西是"70 后"，出生于日喀则江孜县的藏医世家，父亲是江孜县人民医

院的医生。据扎西介绍，当地藏民都称父亲"楚米医生"，在藏语里是准确无误的意思。扎西有七个兄弟姐妹，12岁小学毕业的时候，正逢西藏卫生厅有一个藏医老医生传承人的项目，于是扎西小学毕业后就辍学跟着父亲学习了。4年之后，大概十六七岁，他就到了江孜县人民医院工作。在医院，扎西一方面担任父亲的秘书，另一方面也继续跟着父亲学习。

罗布扎西在海外讲学（图片由罗布扎西提供）

"我们经常去西藏的亚东县，认药、采药、做药，好的藏医是一名全才，不仅会看病，还要会制藏药。"扎西回忆当时与父亲学艺的经历。

在20世纪90年代，扎西被保送到西藏自治区藏医学院上大学，2005年他又考取了藏医学院的研究生。2008年研究生毕业之后，中国藏学研究中心招聘研究员，扎西因此来到了北京。

"当我离开西藏的时候，藏学研究中心人事处处长来到我工作的单位考察。处长问我们院长平措多杰，院里培养扎西这么多年，可是我们要把他挖走了，非常抱歉。院长却说，您不能这么说，这是我们整个医院的光荣。我印象很深。对于江孜，对于西藏，我充满了感恩，是这里培养了我。"当年离开西藏来北京工作，扎西非常不舍，但是父亲、爱人、领导的支持，让扎西坚定了去北京的信念。

"我觉得自己选择来北京是最对也是最好的选择，刚开始的时候我需要克服很多生活的困难，比如与妻子异地分居、租房子的问题，来北京7年了，我渐渐适应了这里的生活。我觉得这里带给我很多东西，我在北京期间在北京中医药大学攻读博士学位，这个项目是和西藏藏医学院联合培养的。北京是一个窗口，这几年我去了智利、阿根廷、巴西、美国和德国讲学，有机会接触到国际一流的藏医研究专家，与他们交流。"

"来到北京之后，我获得过两次国家级中国藏学研究珠峰奖，还获得了中国藏学研究中心科学成果二等奖。"谈到来北京之后在工作上获得的诸多荣誉，扎西非常的开心。

扎西现在正在从事中国藏医药大词典的编撰项目，西藏与四省藏区的专家一起合作参与。第一部是全藏文的，第二部是藏汉双语的，收录词汇量一万五千多条。

"很多人不了解藏医、藏药，认为藏药里面含有大量的重金属，其实藏药的精髓正是重金属的炮制，这些成分经过加工被科学证明是对人体有益的。我认为藏医并不神秘，而是一门科学，人们需要去了解它、学习它和认知它。"谈到自己的职业，扎西希望更多的人能够去了解。

本文作者：姚茜

原载：中国共产党新闻网（2015年9月1日）

穿梭于雪域高原与荆楚大地的"康巴汉子"

魁梧的身材、艺术家的卷发、古铜色的脸。出生于拉萨的斯朗·丹增曲培，父亲是汉族，母亲是藏族。这位在高原度过童年，初中在内地西藏中学读书，一直穿梭于雪域高原与荆楚大地之间的康巴汉子，立志肩负着汉藏文化交流的使命，也真正成为了沟通汉藏的使者。

大力宣传，倾情展现大美西藏

自丹增 15 岁时来到内地西藏班学习，就与内地结下不解之缘。后来创业，他也将第一家"唐古拉饰品店"开在了母校长沙市六中的旁边。他将各种藏族饰品精心布置在只有十几平米的小店里，却不在意销量和盈利，相反更多是对进店的客人热情介绍西藏的风土人情和美丽传说。

藏族独特的文化魅力和丹增的真情感动了顾客，慢慢店面的名声也传播开来。两年后店面就提档升级，转为正规化的经营。如今，已经是唐古拉文化机构集团董事长的丹增，还担任湖北省建藏援藏工作者协会副会长、武汉市政协委员，西藏、湖北及武汉市青年联合会常委等社会职务，同时也是西藏工艺美术协会会长、西藏青年企业家协会副会长、湖北省青年企业家协会常务理事。旗下不仅有近100家"唐古拉""藏吉祥"品牌的全国直营和加盟店，更让人啧啧称赞的是，他于2010年11月，在武汉黄金商业圈，毗邻武汉国际会展中心的京汉大道旁，拔地建起了约2000平方米的全国首家汉藏文化交流中心（基地）——西藏印象。

充满浓郁西藏特色的外立面、临街一排金光璀璨的转经筒、穿着藏式风格服装服务的迎宾员……让路过的行人产生一种穿越时空的错觉。走进西藏印象，强烈的西藏色彩、沁人心脾的藏香、宛若天籁的藏歌，无不冲击着人的心灵，让来访者犹如置身于大美西藏。专门从西藏迎请来的释迦牟尼十二岁等身复制佛像气势恢宏，彰显藏族文化的精髓，让藏族文化的独特魅力能在荆楚大地得以绽放光芒。"西藏印象"也名副其实成为内地第一家"鲜活"的藏民俗文化博物馆。

"西藏印象"内设西藏文化艺术展示区、西藏风俗文化体验区、西藏非物质文化体验区和西藏民主改革成果展示区等专区。西藏文化艺术展示区中有西藏工艺美术品、饰品、藏药、藏茶、藏酒、藏香、地毯、羊绒制品、藏式家具、藏族陶器和金银品等展品；在西藏风俗文化体验区和非物质文化体验区，可以体验原汁原味的藏餐、藏茶、青稞酒，可欣赏民族节庆、婚庆等民俗，欣赏藏戏及舞蹈、音乐，感受唐卡、杰德秀的制作乐趣；西藏民主改革成果展示区则以实物、图片、多媒体等方式展示西藏的民主改革、群众生活巨大变化、经济社会繁荣进步和汉藏民族团结的场景。

在丹增看来，之所以将"西藏印象"的每个角落都设计得具备西藏地方特色和文化特征，是想让内地同胞和海外友人都能没有高原反应地感受西藏色彩，体验和享受西藏文化魅力，以及真正了解中国政府在扶持西藏发展方面所做出的巨大贡献和成效。

由于特色经营之道和展现的西藏魅力，西藏印象不仅大规模接待了社会各界群众，还迎来了包括韩国、法国、美国等驻武汉总领事在内的海外来宾累计超过 200 万人次。让雪域高原的独特魅力，在荆楚大地传播开来。

多措并举，助推汉藏广泛交流

由于长期致力于汉藏文化交流，2011 年 5 月，"西藏印象"被武汉市援藏办授予"汉藏文化交流中心（基地）"的称号，成为全国第一个在藏区之外，集中展示藏文化的综合性窗口和促进汉藏交流发展的平台。

汉藏文化交流中心（基地）自成立以来，承办了各级各类的文化交流活动，多次组织在鄂藏族同胞、援藏干部以及西藏、湖北两地知名人士、企业及相关团体间的文化交流。多次深入西藏山南，组织两地的优秀青年、妇女代表、商业人士等各界人士互动。时年 75 岁高龄的全国文联副主席、西藏自治区政协副主席才旦卓玛亲临西藏印象视察时，还高兴地唱起了《北京的金山上》。来鄂考察的西藏山南地区党政代表团，感慨"湖北援藏无处不在，不仅在西藏，在内地也一如既往"。团中央、全国青联主办的第一届藏传佛教青年僧侣考察团考察"西藏印象"时，大家惊叹看到了一个"时尚西藏"。

2012 年，十届全国人大常委会副委员长热地也亲临西藏印象视察指导，给予了充分肯定，并要求把"西藏印象"办好办大。

"西藏印象"在汉藏交流方面做出了卓有成效的努力和贡献，赢得了各级党委、政府的高度评价。"西藏印象"也因而得到领导的信任，承接了湖北省建藏援藏工作者协会的部分工作，逐渐成为了援藏干部、挂职干部和西藏学生之家。"西藏印象"组织的慰问武汉西藏中学优秀学生代表、西藏乃东县在武汉挂职培训藏族教师新春联谊会、为原西藏自治区区委第一书记任荣老将军 95 岁生日献演等，让在武汉的老领导、藏族教师和学生仿佛回到了久别的家乡。2011 年，"西藏印象"组织"庆祝西藏和平解放 60 周年暨寻访湖北籍援藏人士 2011 雪域万里行"活动，让援藏人士倍感温暖。

2013 年 6 月，丹增带领汉藏文化交流中心（基地）考察团赴山南地区考察学习。山南地委副书记、地区行署专员张永泽，山南地委委员、地委组织部部长陈军，山南地委委员、地区行署副专员胡中海，山南地区行署副专员丹增等领导，听取了考察团的情况介绍和关于民间援藏合作的意向。考察期间，丹增一行还与相关部门就山南文化、农牧业特色产业、民政、教育、卫生事业等方面工作举行了专题会议，开展了广泛深入的交流。会议达成共识，明确武汉汉藏文化交流中心（基地）为山南湖北联络处，同时将中心作为山南农产品走向内地市场的桥梁纽带。汉藏文化交流中心(基地)在参加山南雅砻文化节后，确定《雅鲁藏布》剧的市场营销、运作模式，力争通过武汉成熟的文化市场，把武汉作为华中试点，推向全国甚至海外。

同年 8 月，湖北省党政代表团赴藏共商新一轮对口援藏大计，丹增也随代表团参加考察交流。在藏期间，代表团的青年代表与西藏各族各界青年代表进行了座谈，围绕西藏民族地区经济社会以及援藏工作进行了深入交流探讨。丹增在会上表态：将紧紧践行此次党政代表团的会议精神，从小事做起，把藏医药到内地发展、优秀青年弦子演员到内地交流、西藏农牧特色产品到内地市场拓展等问题千方百计予以解决。

"西藏印象"积极拓展汉藏旅游交流服务功能，举办的西藏山南、林芝、日喀则三地旅游联合推荐会，在湖北掀起了一股西藏旅游潮。同时引导本地旅行社开展汉藏两地旅游业界深度合作。"西藏印象"依托汉藏文化交流中心（基地），聚拢了一批热爱西藏的各界朋友，成立了"藏迷会"，丹增担任会长。为那些赴藏团队游、自助游、自驾深度游等方式走进西藏、了解西藏、感知西藏的人，提供咨询、培训、安全教育等服务。丹增雄心壮志，力争通过 3 年时间，将"西藏印象"建设成为华中地区赴藏旅游集散中心，为广大游客赴藏旅游提供线路咨询、旅游订购、行前培训、民俗体验、购物代理、投诉维权等全方位服务。

主动作为的"西藏印象"还承担起西藏人才培训交流基地和西藏人才创业实践基地的任务。2013 年，"西藏印象"与江汉大学、武汉商学院共同建立藏族学生创业就业平台，同时为武汉西藏中学和来汉创业藏族青年无偿提供社会实践窗口，进行见习、实习和就业培训。

"西藏印象"还不断推动汉藏两地的经济交流，大量西藏民族特色产品的汇聚，已成为西藏民族企业拓展华中市场的前哨。西藏甘露藏药、金哈达羊绒制品、藏缘和天佑德青稞酒、雅拉香布和珠峰冰川矿泉水、藏茶、菜籽油、杰德秀针织品和吞柏古藏香等民族手工，唐卡和天珠工艺美术品等数十家西藏企业的民族产品已经进驻。目前，"西藏印象"已成为西藏民族产品拓展内地市场的展示平台和"华中仓储"，正采取免费进驻、一级代理、合作提成、集中采购等多种合作形式与民族手工、土特产品等多个领域的西藏企业商谈战略合作事宜，进一步深化创新发展机制。

"在不断'走出去'的同时，还要注重'引进来'。"丹增说，"内地在改革开放中取得了巨大的成就，这些不仅激励西藏经济社会的建设发展，也为西藏提供了可供学习借鉴的经验。"丹增带领的"西藏印象"特别注意学习借鉴内地的先进经验和做法，不断将先进技术、经营理念、管理模式及民间资金引入西藏。充分利用自己的社会资源进行招商引资，2014年，成功向山南引资一家内地企业，打造以菜籽油加工为主体的"新农村合作推广平台"，投资总额达到5000万元。

无尽大爱，积极投身公益事业

作为汉藏民族友谊的桥梁，丹增带领同仁一道，积极投身各种社会公益活动。2012年，为响应湖北在西藏率先开展100名先天性心脏病儿童救治和100名西藏大学生就业安置工作，即"双百工程"的号召，"西藏印象"联合武汉亚洲心脏病医院、湖北经视谈笑爱心基金，率先赴西藏开展先天性心脏病患儿免费救治活动，活动历时26天，共筛选疑似患儿212人，确诊23人，其中11人成为首批患儿来武汉进行免费治疗。此次"双百工程"活动在全国还属首例，引起了热烈反响，带动社会各界力量纷纷参与到活动中来，并在全国铺开，受到西藏、湖北两地党委、政府及各界人士的高度肯定和一致好评。2014年，"双百工程"又为6名先天性心脏病儿童带来福音，截至目前，一共分四批救治先心患儿达46人。

有着多个社会职务的丹增，利用自己在汉藏两地的身份优势，多渠道、多途径地调动社会各界力量，号召更多的人参与公益事业。2004年，丹增利用自身人脉资源，为贫困山区援建了玉树希望小学；2007年，他又利用汉藏两地的社会资源，充分发挥交流使者的纽带作用，为西藏山南地区乃东县援建起武汉市青年企业家协会希望小学，同年，丹增也被评为"武汉市十大优秀青年企业家"；2008年，由中共中央宣传部主办、著名经济学家厉以宁先生作序、外文出版社发行的《30 年 30 人见证中国改革开放》一书，也收录了他的文化传播历程。2014 年，丹增又影响武汉青年联合会、沪汉青年促进会的委员、会员们一道，在西藏山南筹建首个"三语"幼儿园，首批款现已到位。

除了组织、策划、参与这类系列大型公益活动外，"西藏印象"也将发挥社会政治功能内化成自身建设发展的源动力。作为拉萨到南昌、广州、长沙等地的中转站，"西藏印象"多次为藏族学生解决车票及食宿等实际困难，受资助的学生都亲切地喊丹增"丹叔叔"。丹增曾经帮助过的荆门大学学生多吉次仁说："在我们老家都知道，到了武汉就找丹叔叔。"

颇具社会责任意识的丹增所带领的团队也多次协助政府处理有关事务，提供语言翻译，帮助交流沟通；关心帮助吉庆街藏族歌手，培养藏族歌手正确的价值观和法律意识，提供必要的工作帮助，这样的故事就不胜枚举。

放眼未来，汉藏交流做大做强

2014 年 8 月召开的对口支援西藏工作 20 周年电视电话会议强调，做好新形势下对口支援西藏工作，要深入贯彻落实党的十八大、十八届三中全会精神和习近平总书记系列重要讲话精神，始终坚持"一个中心、两件大事、四个确保"新时期西藏工作指导思想，坚持"依法治藏、长期建藏、争取人心、夯实基础"的重要原则，充分认识和把握对口支援西藏工作的长期性、群众性、科学性，大力实施经济援藏、教育援藏、就业援藏、科技援藏、干部人才援藏，进一步完善全方位、多层次、宽领域的对口支援西藏工作格局，推进西藏跨越式发展和长治久安。

为了更好地践行会议精神，为了契合武汉"敢为人先，追求卓越"

的城市精神和"武汉，每天不一样"的城市口号，丹增为扩大汉藏交流事业的发展，绘制了更广阔的蓝图：不久的将来，武汉市未来发展的核心地段将崛起一个"大美西藏"的项目。该项目是由4栋高层住宅和一栋主体写字楼和一个购物中心组成，总建筑面积约20万平方米。

诠释"大美西藏"项目，丹增谈到，在经济方面，大美西藏项目综合楼主楼将建成以西藏风格为主，配置藏式家具、藏茶墙软装、藏饰产品融入的藏式精品酒店。提供分散台与包间的藏式餐饮，还配备有藏药藏浴、健康养生、品茗、棋牌室的藏茶楼。同时购物中心则包含了西藏产品、土特产礼品销售，以及现有唐古拉品牌、藏吉祥产品销售。并配套有电影院、书店、购物中心、亲子乐园、特色餐饮、室内攀岩馆及其他运动设施等娱乐项目。在文化方面，不仅会有西藏民族歌舞的表演，还有民间工艺技艺展示，唐卡、佛像等制作体验。还会建成用现代科技手段展现的西藏民俗、宗教、生态体验馆，让市民更加直观生动地感受西藏独特文化的魅力。在教育方面，将与音乐学院和藏语学校联合办学，在大美西藏里进行歌舞及藏语的培训。在旅游方面，大美西藏将与汉藏两地旅游局合作，成立华中汉藏旅游双向体验中心，立足武汉，辐射华中，面向全国及海外。在就业方面，将与西藏及青海、四川、甘肃、云南四省藏区团委、人社厅联合设置青年、大学生在藏区以外的见习实习创业基地，切实解决藏族学生实习、培训、就业等问题。同时，为了更好地开展汉藏交流，主楼专门设置了湖北建藏援藏工作协会、武汉建藏援藏工作协会、武汉汉藏文化交流中心（基地），西藏驻武汉单位等办公区域，山南湖北联络处和西藏自治区驻华中联络处等，都将设置在此，集中办公。届时，大美西藏项目将是华中地区集经济、文化、教育、旅游、就业等多功能为一体的华中汉藏交流中心。

雄关漫道真如铁，而今迈步从头越。丹增说，好汉不提当年勇，成绩属于过去,"我瞄准的是未来能将汉藏交流事业做大做强,用真心,动真情,让汉藏友谊亘古长青"。

为山者,基于一篑之土,以成千丈之峭;凿井者,起于三寸之坎,以就万仞之深。从立志做一名汉藏文化交流使者开始,斯朗·丹增曲培十几年来,从力所能及的事情开始着手,到大手笔开展活动,千方百计,想方设法,就是为了拉近雪域高原和荆楚大地的距离,拉近雄鹰与九头鸟的距离,拉近汉藏人民心与心之间的距离……

丹增动情地说:"我所做的只不过是撬第一铲的土,我的梦想是为今后汉藏交融、团结、和谐打下坚实的基础,让后来人能继续这项伟大的事业……"

本文作者:曾凡顺

原载:中新网—湖北新闻网(2014 年 12 月 11 日)

生在江南　心在高原——记江苏援藏干部周广智

　　周广智，江苏省第五、第六批援藏干部、拉萨市曲水县县委书记。从江苏泰州到西藏拉萨、从0海拔到3700米，在援藏的2000多个日夜里，周广智把对家乡人民和对亲人的思念之情化作同曲水人民同甘共苦、心连心的具体行动，以做一名真正的曲水人，真心服务曲水人民的满腔热情，在曲水县委书记的援藏工作岗位上扎实工作、默默奉献，得到了曲水人民的信任和爱戴。

"曲水人民喜欢的事情我都愿意做"

　　周广智不会忘记，2007年7月一踏上曲水这片热土，就受到了曲水人民的盛情欢迎。那醇香的青稞美酒、洁白的哈达，还有那一张张真诚动人的笑脸，那情景那场面，终生难忘！平时，无论下乡调研还是串门走村入户，每到一个家庭，干部群众都会拿出最好的东西招待，热情备至。这不禁令他感到：西藏人民多好，曲水的干部群众是多么的纯朴可爱啊！走进干净明亮的办公室，周广智产生的第一个念头就是：党和人民把重任交给我，我既不能愧对江东父老，也不能让曲水乡亲失望。我必须干出一点成绩才行。虽然这里高原缺氧，环境艰苦，经常头疼失眠，但想想长期在这里工作生活的其他同志，他认为，同样是人，同样是党的干部，别人能克服的困难，自己也一定克服得了！他暗下决心：一定苦干不苦熬，一定要干出名堂，只要曲水人民喜欢和高兴的事情我都要去做。

刚到曲水的第二天，周广智就一头扎进了工作之中，他轻车简从，跑基层、访群众、听汇报、理思路……到曲水的头一个月时间，他跑遍了全县的五乡一镇和部分村户，吃住也基本是在田间地头、草原牧场和农牧民家里。一路下来，虽然脸晒黑了，胡子长了，但口袋里的本子上记满了"流水账"。曲水的情况基本掌握了，心里有数了，"农业抓调整、工业抓园区，农村抓配套、城市出形象"的总体思路出来了。

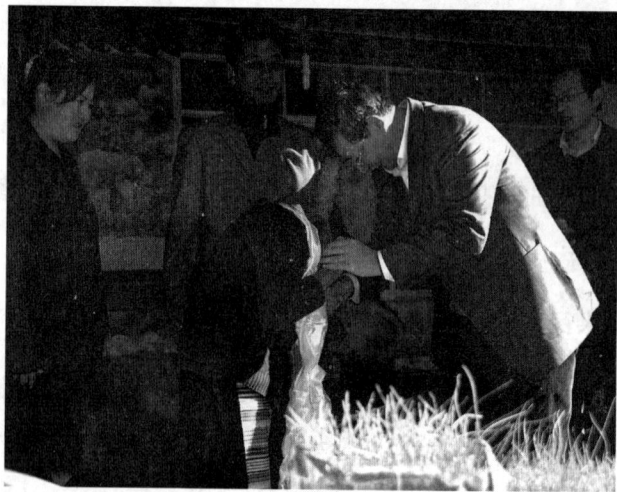

老党员白玛用碰头礼表达自己对周广智的由衷感激之情

周广智经常说，我自己虽然不算什么人物，但在群众眼里是大"官"，因为曲水县就一个县委书记。为了让群众不把自己当成大官，而当作一般人看，他从不在群众面前摆官架子、打官腔，而是与群众打成一片，并经常帮助他们解决生产、生活中的困难。

茶巴拉乡茶巴拉村村民德琼的丈夫去世多年，她家基本上没有什么收入，儿子罗布次仁在县中学上初中，德琼一直用自己柔弱的身躯支撑着里里外外，孤儿寡母住在低矮破旧的土坯房里，日子过得很艰难。

周广智便把德琼家作为自己的扶贫联系户，从自己的工资中拿出1万元，为她家修起了新房。除定期到德琼家看望慰问外，周广智平时下乡路过德琼家时，经常是钱包里有200元给200元，有500元给500元，有时候还让司机专门把德琼的儿子接到县委食堂吃饭。每次到德琼家，他都要耐心开导德琼，并鼓励她勤劳致富，坚强生活。

住上宽敞、干净、整洁房子的德琼，心里对周广智充满了无限感激。

她说，很想去答谢一下书记，但不知道到县城里如何找这位大恩人，自己也不怎么会说话，唯一能做的事是，下次书记来到她家时，一定给周书记献上一条洁白的哈达。

茶巴拉村三组索朗和二组的村民普穷修建房屋现钱不够，又不好张口借钱。周广智知情后，从工资卡上刷出8万元悄悄地"借"给了索朗和普穷两家。普穷的两个儿子想打工一直没有着落，周广智亲自出面联系西藏金哈达药业公司，帮助他们找到了一份工作。如今这兄弟俩每人每月都有1200元的工资收入。

周广智说，帮助贫困户，既要帮眼下之急，更要帮他们谋长远之计，不能光是给他们盖房子、送"票子"，关键是要指"路子"，只有帮助他们找到一条致富门路，才能从根本上解决问题。所以，每一次访贫问苦，他总是既帮急需，又出点子，让困难群众有想头、更有盼头。

周广智说，你把群众当自己人了，群众也才会把你当成自己人。和藏族群众交流，能讲藏话当然好，自己也学会了一些简单的藏语；但交流一定要发自内心，而不能做表面文章。

周广智检查安居工程建设情况（李君／摄）

援藏期间，由于周广智时时处处和群众真诚相处，在感情上把群众当作兄弟姐妹看待，群众有心里话愿意给周广智说，有事情也喜欢给周广智讲。只要看到周广智下乡来了，群众会主动地围上去，搬凳子、倒甜茶、拿风干肉，就像自己的亲人一样高兴地与他拉家常、扯闲话，聊烦恼。

群众的安危比天大

曲水县广大干部群众说，周书记几乎没有节假日，他把工作看得比什么都重要。

无论什么时候，特别是有急、难、险、重任务和灾情发生的时候，他总是冲在前面，坚持到现场和第一线组织指挥，直到险情完全排除。

2008 年 8 月中下旬，曲水突降 20 年一遇的暴雨，山洪引发的泥石流灾害致使 318 国道中断，部分桥梁、水渠等基础设施被毁，县城积水达 20 厘米。灾害发生后，他带领相关人员冒着大雨进村入户查看受灾情况，光着脚丫踏进冰冷、没膝的淤泥中转移疏散群众，抢救财产。在他的有力组织下，连夜抢通了被中断的国道，没有一名群众受伤，没有一名群众受冻挨饿。

2008 年 10 月 6 日，当雄县发生里氏 6.6 级地震，曲水县也有强烈的震感。周广智立即与县委班子的其他同志分头深入各乡镇查看灾情，安抚群众，并立即组织部分群众、学生和病人安全疏散，积极为受灾群众申请和争取活动板房、帐篷、棉被等救灾物资，在很短的时间内，对受灾群众的生产生活进行了妥善安排，采取有力措施确保了所有受灾群众无一人在危房中过夜，无一人受冻挨饿，生产生活秩序很快得到恢复。

2011 年 7 月 12 日晚上 10 时 30 分，一场暴雨把拉日铁路曲水镇曲水村段施工工地的民工帐篷冲毁，12 户居民的民房进水。忙了一天正准备早点休息的周广智二话没说，立即带领几名干部赶赴现场。11 时，周广智到达现场一看，有部分群众被洪水围困，情况十分危急，他一边喊话安抚群众，一边跳进洪水中亲自参加营救工作，很快从洪水中救出被淹的 4 名民工，并迅速送他们到县医院抢救。尽管作了最大努力，但还是有一名民工因呛水过多而不幸死亡。得到这个消息后，周广智很是自责、非常痛心。他说，人的生命都是极其宝贵的，群众的安危是天大的事情，如果我们抢救措施得力，死人的事情就可能避免。今后我们在这方面一定要加强，不让群众生命财产受损失。

这边的灾情还没有处理完毕，又接到曲水村农发项目 80 多栋温室被洪水冲毁的情况报告。当晚 12 时，周广智又赶往曲水村察看灾情，组织救灾。紧急安排调运编织袋、铁丝网等抗洪救灾物资，筑土堤堵洪水，但由于水势太猛，很快干渠堤坝被冲破，洪水涌入温室。大家只能眼巴巴地看着长势喜人的西瓜、草莓等作物被洪水吞没。周广智见此心情非常沉重，特别是为受灾群众感到痛心。凌晨 1 时，他召集相关单位研究恢复、补偿和灾后重建事宜，并挨家挨户走访慰问受灾群众，再三叮嘱灾民，不要有心理负担，相信有党和政府做主，会尽快帮助大家恢复生产，重建家园。洪水退去的第二天，他亲自来到受灾群众当中，挥锹启动了重建计划。

周广智每次从内地回来，都有不同程度的高原反应，枕边的吸氧器是他忠实的生活"伴侣"。去年回曲水，因为没有重视和及时对待，"反应"拖成了肺炎。由于当时工作任务重，要处理的事情太多，他硬是没有休息住一天院。

援藏期间，周广智和曲水群众越来越熟悉亲近了，越来越像曲水人了。可群众也心疼地发现，周书记和来的时候相比，面容苍老了，皮肤黑了，白头发多了，身体变差了，人好像也变"丑"了。群众经常会半开玩笑地说："书记啦，你怎么丑了？"但周广智认为只要群众过得好，再苦再难这一切都值得。看着曲水的经济发展不断持续向好，看着群众的生活过得越来越有滋有味，他会心地说："总算没有白干，总算是有个初步的交代了。"

因愧对家庭常自责

曲水县的干部群众心里有一杆秤：周广智是他们心中威信高、待人好、工作实、把曲水当家的一个好"本部啦"（好领导）。周广智心里也清楚，自己确实是把曲水当成家了，但是，对于江苏老家的亲人，他觉得有许多地方没有尽到义务，做得不好，很惭愧。每每想到刚刚过世的母亲，聪明贤惠的妻子，还有可爱的儿子，他总是自责不已，欲语还休。是啊，无情未必真豪杰，怜子如何不丈夫。实际上，了解周广智的人都知道，他是一个有情有爱有家庭责任感的人，更是一个孝老爱亲的好儿子、好丈夫、好父亲。

在曲水工作的这段期间，周广智在曲水过了两个藏历新年，回老家过了两个春节，两次春节休假都是提前返岗。可以说，曲水和泰州这两个家他是一碗水端平了的。

2007 年来西藏工作前，由于很担心年迈的母亲身体多病，怕有闪失或意外，援藏工作的事情一直没有给母亲讲。动身赴藏临行前，他坐在母亲的床边，轻轻地告诉老人："妈，我要去西藏工作几年。你别担心我。我走后，你要好好注意身体，兄弟姐妹们会照顾好你的，我会经常给你打电话。"周广智的母亲虽然在农村生活了一辈子，但老人家聪明贤达，思想开明，很是受人尊敬。她不知道西藏在哪个方向，也不知道西藏有多远，但她知道国家需要儿子到西藏去，说明儿子还有出息。她说："你放心去吧，去了把工作搞好，给妈妈争气！"周广智到西藏后，老人每天若有所思地好像在等待什么人。别人问她："你在等谁呀？"她回答："我在等我儿子！"老人家想儿子、盼儿归的心情是多么真切！2011 年 5 月，瘫痪多年的母亲病情突然加重，不幸离开人世，远在曲水的周广智强忍着悲痛，坚持处理完拉日铁路上的事情后才匆忙赶回家中。跪在母亲的灵柩前，周广智禁不住失声恸哭。未能很好地孝顺母亲，没能见老母亲最后一面，是他这一辈子永远无法弥补的遗憾。

在这之前，因一次意外事故，周广智妻子张德全的胳膊被摔成了粉碎性骨折，做手术时，周广智赶了回去。想到曲水的工作，想到曲水更多的兄弟姐妹，周广智对妻子说，我不能照顾你了，好多事情等着我处理呢，我得回曲水。就这样，回去没几天，他又回到了工作岗位。

2011 年 7 月，泰州市给张德全安排两个月时间到西藏探亲，也同时顺便照顾一下周广智的生活。可 7 月正是西藏和平解放 60 周年大庆最忙的时候，周广智天天早出晚归，张德全待在家里连个人影也见不着。本来，早商量好的，让他陪着出去好好玩玩，看看风景，逛逛八廓街什么的，谁知结果是这样。

周广智清楚自己确实没有时间陪妻子，就对在家里"傻待"了十多天的妻子说："你还是回去吧。"在送张德全去机场的路上，司机其加有些愤愤不平地冲着周广智说："周书记，没想到你心这么狠！嫂子好不容易来一趟，你不陪不说，才来几天你就让她回去！"相知莫如妻，张德全最了解周广智。她知道，丈夫每天给家里打一个电话，虽然通话时间不长，话还是那些话，但字字牵肠挂肚、句句情真意切。

周广智家里兄弟姐妹一共有6个，他排行最小。有道是"百姓爱么儿"。他常常对身边的同志说，没有家庭的理解和支持，没有兄妹主动承担照顾父母的义务，就没有我集中精力干事的条件。为此，他对贤明的兄弟姐妹很是感谢，非常感激。

满腔热情洒曲水，矢志援藏干事业。六年的援藏生活，周广智学会了说藏语、吃糌粑、喝酥油茶。

周广智，这名普通的共产党员、这名群众信赖的领导干部，这名热爱西藏人民的好男儿，已深深融入了西藏这片高天厚土，正在援藏工作的岗位上谱写着人生的美好篇章！

本文作者：李君　牛军

原载：拉萨晚报（2011 年 8 月 24 日）

让青春绽放在青藏高原——记延安大学首批援藏大学生志愿者

新学期开学第一周，延安大学毕业的小伙奚祥涛实现了自己的梦想：做一名真正的老师给学生上课。这节课上课的地点有点特殊，在与延安万里之遥的西藏昌都地区类乌齐县宾达乡小学。

"我记得那天是三年级的语文课，我刚一进教室，孩子们就热烈地鼓掌，课堂气氛非常活跃，我根本没有想到。"奚祥涛有些喜出望外，"我根本没顾上紧张，就被西藏孩子的热情给淹没了。"

奚祥涛是延安大学选派的"全国大学生志愿服务西部计划"援藏志愿者之一。2014年，延安大学共选派了17名优秀毕业生参与"西部计划"，其中9人选择支援西藏。这9个人就组成了陕西省高校援藏人数最多的一个志愿者团体，同时也是延安大学首个支援西藏的大学生志愿者团体。

2014年7月从延安奔赴西藏的9名大学生志愿者，在即将完成一年的服务任务时，到2015年3月，已经有7人递交了续签申请表，选择延期，其中6人表示会考虑长期留下来，"踏踏实实为西藏做些事"。

"现在孩子们跟我特别亲密，我喜欢和他们在一起。"奚祥涛开心地说，"一年时间太短，我又续签了一年，而且可能还会留下来，我不希望只当一个过客。"

我能适应

也许，对年轻人来说，到西藏，并不需要太多的理由。

"男孩子嘛，就应该多出去看看，父母很开明，没有阻拦。来西藏，这一直是我的梦想。"奚祥涛说，父母的态度让他的西藏之行更加坚定。

但不是所有志愿者都能像奚祥涛一样，被家人理解和支持。

段云青2014年毕业于延安大学物电系，被分配在昌都地区左贡县中学教数学课。为了这次西藏之行，他放弃了一份在天津待遇优厚的工作。"所有人都不理解，还有人觉得我疯了。有什么不可理解？工作可以再找，可是支援西藏错过这一次，可能就再也没有机会了。"这种想法父母当然不会同意，段云青只好自己做主，先斩后奏，偷偷到了西藏才给父母打电话。

大多数志愿者起初选择来西藏时，家人都打起了"反对牌"，原因只有一个，"太苦了"。

在西藏，年轻人要适应身份的转换，要远离家人与舒适的生活。全新的环境、稀薄的空气、酥油茶和青稞的味道，一处处陌生生活的细微，都会带来难以预想的艰苦。

在昌都市江达县小学支教的彭阳觉得，最难熬的就是西藏的冬天。一到11月份宿舍楼就停水，用水要下楼到外面去接；因为当地的发电厂年代太久，冬天几乎天天停电，电暖气用不了，取暖只能生炉子。"我还好，本身学体育的体质不错。同来的其他志愿者有的被冻伤了脚，有的一整个冬季都在生病吃药。"

在日喀则市农牧局的李雅娇，一年必须有 4 个月时间蹲点驻村。驻村期间要住在当地民居改建的宿舍里，"每天晚上被老鼠吵醒，还看到它们在屋子里跑来跑去"。一到春天，虫子特别多，有时会钻进衣服里。湿冷的天气让李雅娇驻村第一天腿上就长起许多红疙瘩。

在平均海拔 4600 多米的阿里地区，李洋一面忍受高原反应的痛苦，一面还得安慰家人。"刚来的时候家里几乎天天打电话，他们一直问这里的生活怎么样，其实当时的确挺难受的，但我说什么都好，后来他们才渐渐不再过问了"。

"这点困难，我能适应。"李洋笑着说。

我能适应——这也是初到西藏的志愿者对自己说的最多的一句话。

融为一体

生活上的不习惯，可以渐渐磨合，更令人好奇的是，他们到西藏能做什么？

出乎意料的是，这些年轻的志愿者，远比想象中做得更多。

彭阳所在的昌都市江达县小学，都是藏族学生，汉语基础非常差，上数学课因为不认识汉字，学生连题目都读不懂。每个周六、周日，彭阳都会腾出 2 小时来给学生教汉字。看到寄宿的学生平时伙食不好，他利用周末亲自动手在宿舍里炸麻花、炸油糕给孩子们解馋；了解到班里的学生缺衣服穿，他在微信圈和 QQ 群里发起募捐活动，利用亲朋好友的宣传，共为当地孩子募得 12 袋爱心衣物。

服务于阿里地区地震局的志愿者汪明波，负责当地的建筑工程抗震设防审批。"这边的地震比较多，而当地人的防震知识又非常缺乏，尤其是民居结构极不稳定，一旦遇上较大地震，一家人很容易就被'包了饺子'。"工作之余，汪明波主动组织志愿者走上街头，走进当地学校，通过各种形式进行防震知识宣传，希望能为民众减少损失，营造安全感。

李雅娇驻扎的日喀则市定结县郭加乡切村，村里大多是藏族农牧民，靠着同事的翻译，李雅娇在当地开展基层组织工作。"就是把现行的惠农政策及时传达下去，然后把农牧民最迫切的需要反馈回来。"近一年的志愿工作让她越来越有了存在感，"能真切感受最基层的生活状态，并且能通过驻村专项资金帮助他们，让我觉得这个工作很有意义。"

体育教育专业毕业的李洋，在共青团阿里地区委员会，为当地义务培训了第一批专业级的篮球裁判；并协助当地团委组织开展了青年文明号巡展、阿里地区青年讲坛等活动。

从此牵挂

"在西藏这一年，我收获了很多，最大的是收获了一份爱情。正因如此，这里让我感到无比亲切和踏实。"毕业于延安大学人力资源管理专业的王静，目前服务于山南地区贡嘎县发改委，她已经明确表示会扎根西藏。与她相恋的男友也是西部计划的援藏志愿者，他们会一起留下来。

与她重名的另一个志愿者王静，被分到了昌都地区芒康县县中学。

"西藏的支教经历，让我变得更加成熟。"在芒康县支教的王静说，"我能做的只是尽自己所能，教育和帮助这里的孩子们。希望他们在善良淳朴的同时，能多学一些知识，成为一个对社会有用的人。"2015年3月，她毅然选择了续签。她说，支教生活虽然艰苦，但她也收获了许多感动，更重要的是西藏之行让她认识了自己，第一次发现有那么一个地方，那么一群人让她时刻牵挂。

"没见过高楼大厦、没吃过海鲜大餐、没穿过高档名牌，但孩子们纯净、自然、天真无邪。"志愿者程辉觉得自己很幸运，因为他看到了西藏最蓝的天，也看到了世间最美的笑。"我会永远牵挂这里"。

褪去了学生气息，开始了新的生活，不管是离开的，还是最终留下的，9 名志愿者都把西藏铭刻在自己的内心里。2015 年 5 月，延安大学新一批"西部计划"志愿者报名工作已经开始，将有越来越多的大学生志愿者像他们一样，不断在西藏发现自我，发现全新的人生价值。

本文作者：牛敏

原载：延安大学新闻网（2015 年 5 月 19 日）

采访路上结识的姐妹——一个汉族姑娘与
两个卓嘎的故事

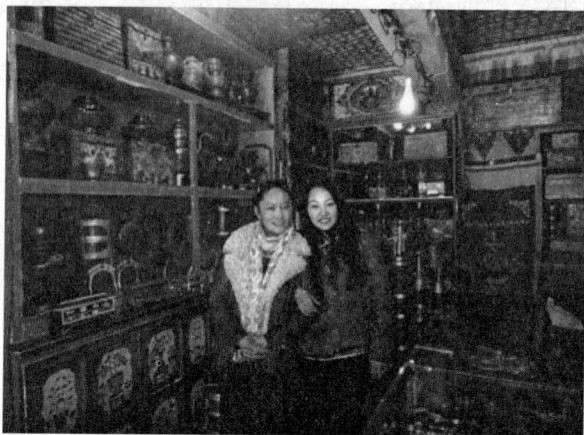

刘潇（左）与卓嘎（右）

"潇姐姐，你喜欢吃奶酪和风干牛肉吗？过几天我要去拉萨玩，我想给姐姐带些我们日喀则的特产。"这是日喀则牧区19岁的姑娘卓嘎来拉萨前发给刘潇的短信。

卓嘎要来拉萨了，这次过来，不是来看眼疾，而是眼睛完全康复后要来拉萨买电脑了，这让刘潇非常高兴。

这其中有着怎样的一段故事呢？

在此三个多月前，西藏商报记者刘潇在采访中结识了卓嘎。"三个月前，我和她还只是采访与被采访的对象，三个月后，她喊我姐姐。对于没有姐妹的我来说，认得这个妹妹，倍感亲切！"刘潇这个北方女孩，性格率真、美丽活泼。

7 岁的时候，卓嘎的视力逐渐模糊直至双眼出现白斑，几乎什么都看不见了。在十几年的灰暗世界里，她感到非常孤独；不能像同龄人那样健康快乐地生活，她把自己封闭了起来……2012 年 10 月 24 日这一天，卓嘎终于告别了灰暗的世界，来自哈尔滨医科大学眼科附属医院的专家来到西藏，为卓嘎成功地做了眼角膜移植手术，让她得以重见光明。

刘潇有幸见证了卓嘎手术后揭下纱布的那一瞬间。卓嘎的妈妈含着泪水向主治医生献上洁白的哈达。刘潇激动地说："我为卓嘎从黑暗世界重见光明而由衷地欢呼。我深知，不是每一个患有白内障的患者都能如此幸运，而卓嘎，用她的乐观与坚强为自己赢得了这个机会。"

卓嘎住院期间，刘潇经常去看望她，给她鼓励和支持。卓嘎有什么大小事，也都第一时间告诉刘潇。"有这样一个藏族妹妹，我很知足，也很骄傲。"刘潇说。

"我想，我与卓嘎是有缘的，此卓嘎非彼卓嘎。小卓嘎认我做了姐姐，而这位 39 岁的卓嘎认我做了妹妹。"刘潇很幽默地讲述了她与另外一个卓嘎的故事。

一次，刘潇被报社安排下地区采访村里组织的慰问活动，作为驻村工作队队长的卓嘎是此次活动的组织者。采访过程中，刘潇被卓嘎美丽而又有内涵的气质深深地吸引。"卓嘎和我一样，喜欢古诗词，喜欢舞蹈，喜欢传统的藏族文化，豪爽、直率、待人真诚，是一位秀外慧中的女强人。"刘潇说。

"刘潇，不知道为啥，觉得很亲切，对你一见如故，我要做你永远的姐姐！"这是卓嘎对刘潇说的。

"虽然我们年龄相差 10 多岁，不同民族，但我们却没有代沟，彼此被对方的内涵和人格气质相互吸引着。"刘潇说。

一次，刘潇穿着一双单皮鞋外出采访，被卓嘎看到了。第二天，卓嘎就给刘潇送来了一双暖和的雪地靴。她叮嘱刘潇，当记者经常在外面跑，要穿暖和点。话语虽然简单，却让刘潇感到暖融融的。

以后，卓嘎经常邀请刘潇去家里做客，卓嘎的妈妈是汉族，爸爸是藏族，全家人都非常喜欢她。卓嘎的妈妈还骄傲地说，以后自己就有两个女儿了。一次，卓嘎家人聚餐，大家都迟迟不肯动筷子，原来是刘潇还没到。刘潇说，那是她吃过最好吃、最难忘的一顿饭，因为心里是甜的、暖的。

卓嘎有两条珍藏已久、一模一样的珊瑚手链，中间还镶有一颗绿松石。认识刘潇后，她把其中的一条送给了刘潇时，并感叹地说："这次终于找到主人了！"

最近，卓嘎正张罗着给刘潇介绍一个藏族小伙子。"我要让你留下来，给你找个我们藏族小伙子成家。你那么喜欢我们藏族文化，我要让你也成为我们半个藏族人。"平日里，卓嘎经常带刘潇去甜茶馆，吃正宗的藏面；喜欢看刘潇穿藏装、戴藏式的首饰。她俩还相约一起穿藏装逛街，要让别人看到两个"藏族"美女构成的靓丽风景线。

在雪域高原这片热土上，有一种众人皆知、香飘四溢的茶——酥油茶。制作酥油茶少不了茶和盐巴，将它们与酥油混合，便成为藏族群众不可或缺的日常饮品。刘潇与两个卓嘎的故事，犹如茶与盐巴的故事。在大美西藏的建设中，少不了的就是由一个个"茶"与"盐巴"组成的和谐画卷，他们融入彼此，共同为美丽西藏的建设添砖加瓦。

本文记者：王菲　孙文娟

文字原载：西藏日报（2013 年 1 月 31 日）